俊成論のために

黒田彰子 著

和泉書院

目次

題字　伊藤正義

第三章　後鳥羽院とその周辺

第一章　俊頼と俊成

1　本説の整序
――俊頼と俊成――

一　俊頼批判の諸相

河のせになびく玉藻のみがくれて人にしられぬ恋もするかな　友則

みがくれてとは、水に隠也。みこもりなど云も水にこもれる心也。俊頼朝臣哥に、とへかしな玉くしのはにみがくれて、とよめるぞ、わが身をかくるとよめる、其證哥おぼつかなきよし申侍しかば、俊恵は、證哥なくてはよもよまじ、など申侍りしかど、ゐいだし侍らざりき。かれをまなびて後見の人よめらんは沙汰におよばず。俊頼朝臣より以前によめる證哥やある、と心にかけてみるべき也。（中略、以下、密勘）但、俊頼朝臣の哥より前の證哥はよも侍らじ物を、たづぬべしともおもひよらず。先達のことは恐あれど、そしるにはあらず。人々のこのむ所のくせ〴〵を申也。俊頼朝臣は、すべて證哥をひかへ道理をたゞして哥をよまぬ人に侍なり。其身堪能いたりて、いひといふこと、皆秀歌之躰也。帥大納言の子にて殊勝の哥よみ、父子二代、ならぶ人なきに似たり。又年老て後いよ〳〵此道に傍に人なしとおもひて、心の泉のわくにまかせて、風情のよりくるに随て、おぢず、はゞからずいひつゞけたる歟。そしり難ずべきことはりも思つゞけられず、あなおもしろ、かくこそはいはめとみゆれば、時の人も後の人もゆるしつれば、やがて先例證哥に成て用侍なり。それほどにおもしろく上手にみえざらん人は、おもひよるまじきことなり。さくらあさのおふのうらなし、など云事も、それより前には見及び侍らぬものを。人のくせと思ひなして信仰するばかり也。されば基俊云、歌は俊頼に損ぜられぬるを《ぞイ》、かれまなび給な、真名の文字もかゝず、しりたる事なきまゝに、童部のかたる事につけて、無辺法界のいたづら事、哥によみちらす物ぞ、哥の外道なり、とぞ常に侍ける。亡父は師匠金吾のいはれしことなれど、哥をよまん人、俊頼をもどきては三十一字はいたづら事になりなん、とぞ申され侍し。ならひたる人は其短をみる。後の人はこのみにしたがふ也。

（内閣文庫蔵『古今秘注抄』により、句読点、濁点を私に付す）

顕注密勘に記された右の俊頼評は、俊頼がどのように捉えられてきたかを語って興味深い。基俊の「歌は俊頼に損ぜられぬるぞ」という俊頼批判、その基俊を師とした俊成の「俊頼をもどきては三十一字はいたづら事になりなん」という俊頼擁護、これを受けた定家の「ならひたる人は其短をみる」という総括は、院政期以後の和歌史を考えるうえできわめて示唆に富むものといえる。

右の俊頼評をいますこし子細に見るならば、まず顕注は被注歌の「みがくれて」に引かれて、俊頼の「水隠る」を「見隠る」に転用した詠（「とへかしなたまぐしのはにみがくれてもずのくさぐきめじならずとも」散木奇歌集1403、顕季集338等）を証歌なき故をもって批判するが、[1] これを受けた定家は、俊頼は証歌をひかえては詠まぬ人であり、それは俊頼の「くせ」であるが、そのことは「堪能」ということによって相対化されるものであると述べる。そして俊頼の詠そのものが先例・証歌となる例（「さくらあさのおふの浦浪たちかへり見れどもあかぬ山なしの花」散木奇歌集183、新古今1473等）をあげてこれを擁護する。つまり定家は顕注の文脈に即して証歌なき歌の詠出を論じ、いったんは俊頼を擁護する。ところが、直後に一転基俊の俊頼評を引用してその短を語る。したがって二つの文脈をつなぐ「されば」はきわめておさまりが悪く、密勘は顕注の文脈からはずれて俊頼評を語り始めていると解するほかない。それはおそらく顕注の指摘した限りの俊頼批判ではなく、さらに一般的、あるいは定家にとってより重大であったはずの俊頼の短とでもいいうるものに対して発せられた「されば」であったとみたい。

基俊の俊頼批判は、俊頼に漢詩文の素養がないこと、そのため幼童の語るごときことを聞いては「いたづら事」を詠んだ、という点にあり、これをもって「哥の外道」に他ならぬというのである。すなわち王朝貴族の基本教養の反措定として「いたづら事」を定立するのである。さらにこのことにより、和歌が「損ぜられぬる」というのであるから、素材面における和歌基盤の変更が和歌の衰退につながると考えていたことが見てとれる。

ところが師基俊の俊頼批判に対して俊成は「俊頼をもどきては三十一字はいたづら事になりなん」と語ったとし、ここは明確に師の意見に対立する俊成の言葉を記す。ここで再び俊頼評価は分裂の様相を呈するに至るが、俊頼の用語を才学によって検証批判しつづけた顕昭、俊頼の詠出した証歌なき歌にも「證哥なくてはよもよまじ」と絶対視した俊恵の存在を考えると、俊成の俊頼評は、基俊門下といういわば対俊頼という点でもっとも整備された場にあって育まれたものと考えられる。そうであれば、俊成の俊頼評が、たんに俊頼の短を黙止することのうえに成立したものとは考えられない。おそらくは俊頼を批判的に継承しつつ、その歌才を和歌史の正当に位置づけさせえた結果としての俊頼評であったと思われる。したがって、師弟の俊頼評は、段階的な理解を要求していると考えられ、定家がここであえて対立する俊頼評を併記したのは、その階梯を示すためではなかったかと考えられる。

そのように解するならば、俊成の課題は俊頼を「もどか」ず和歌を「いたづら事」にしないためには、「無辺法界のいたづら事」にどのように対処すべきかという点に集約されたのではあるまいか。

密勘における俊頼批判が、用語あるいは難義の解釈をめぐってなされることはほとんどなく、唯一批判らしいものとして、「やさし」の表現内容に関するずれを指摘するにとどまることにも注意したい。

基俊のいう「無辺法界のいたづら事」は、俊頼髄脳に書かれた数多の本説とそれほど乖離したものではないであろうが、従来、俊頼髄脳の本説が王朝貴族の正統的教養の範囲を逸脱している、あるいはそれを度外視したところにあることは、俊頼自身の教養の質と絡めて問題にされるところであった。(2)しかるに近時、典拠の曖昧な話、流動的口伝を採取定位し、これによって詠歌したことに、時代の子俊頼を見ようとする考察が重ねられている。こういった立場は、「他領域を切り離して和歌のみ抽出する従来の和歌研究の閉塞的で特権的なありかた」(3)に対して風穴をあける衝撃力をもつものであった。俊頼髄脳の本説は、王朝的教養に定位されてこなかった伝承や口伝をとりこみ、あるいは「恣意的に生産された物語」さえをも含み持つといわれる。(4)

俊頼がいわゆる典拠を示さず、またかならずしも原典に忠実とは思われない文言によって本説をかき綴った行為は、歌合という場を完全に度外視したとしてもなお、俊頼自身の本説への情熱に基づく意識的な行為ではなかったかとの心証はぬぐえない。そこに王朝的教養の垣を払い、基層世界から表現を立ち上げようとする俊頼の意図を汲み取ることができよう。さらに一応歌注の体裁をとって綴られた本説が、被注歌に収束してゆかない場合にも注意したいのである。俊頼の興味が、すでに語ること自体に移り、話柄のバリエーションを追って様々の資料を探索する姿を髣髴させるような場面に我々はしばしば遭遇する。

たとえば俊頼髄脳の王昭君譚が、今昔物語集のそれと最も近い内容であるという事実は、その伝播の関係がどうであれ、俊頼髄脳の本説が説話世界と近接、あるいは重なることを示している。その限りで、俊頼髄脳の研究が和歌以外の領域を切り離しては成り立たないことは明白であろう。

ところで、説話とみまがう本説が歌学書の中に定位されることの意味は、他領域との連関を問う以前に無視できない問題ではなかったか。

説話が収録される集によってその話柄を変容させることについては先学の指摘があるし、書記化以前の説話は一層の流動性を有するであろうことも想像に難くない。問題は流動する説話を歌学書に定位することの意味である。ある説話が歌学書に入れられたとき、その規範性はどこに置かれるのか。あるいは説話が、変容の様を語るごとく、諸説併記的に置かれた場合、歌人はその本意をどこに定めればよいのか、といった問題は無視できない。

本説によって作歌する際の正しい方法が、とりあえずは「説話の提供する世界を逸脱する要素」(5)を持たないことだとするならば、その世界とは、「本」としての確実性と不変性をもって定位される必要があろう。しかし、流動する説話や伝承の一断面を切り取って本説とすること、すなわち説話が本来的にもっている変容の属性を断ち切って和歌世界に導入することが、はたして可能であったのか。

この点に関して俊頼自身が意識的であったとは考えがたい。俊頼にとって和歌の史的回顧は現在の不毛を逆照射する方向でしか機能せず、それゆえに（万葉語は措くとして）共時的な方向での素材の開拓に力を注ぐことになった。したがって本説に拠って詠歌するというような、それ自体歴史性を内在させる表現方法において、その本質に関わる省察を欠落させていた可能性はきわめて高いとみなければならない。

極論するならば、本説の横溢は、一方では時には流動の相をも含めて本説を無限定にとり込む作歌上の放恣へと堕する危険性を、また一方では、本説に確定性を付与するための不毛な作業、いわゆる才学の迷路に入り込む可能性を秘めている。和歌の世界に説話の力学をもち込むということを説話と本説に関していえば、異質の属性を有する要素を、歌学という、常に証を求めてやまない世界に封じ込めようとする行為であり、そこに説話世界の豊饒を実現する方法論はいまだ達成されていないというべきである。

二　俊成の方法

基俊門下に入った俊成が当面したのは、右のような問題だったのではないかと想像する。入門以前の俊成の詠はそれほど残っていない。まとまったものとして為忠家両度百首をみうる程度だが、堀河・永久両百首の影響下にあるといわれる両百首での詠が、大器の片鱗を見せる[6]といわれる一方で、新奇な素材や万葉語を使用するなど、俊成の詠の中では特異な位置にあることは否定できない。

たとえば入門以前の俊成が為忠家歌合で詠んだ歌「浮木あれば星にも人はあひにけり恋路にかよふ言のはもがな」（夫木7714）は、「発想源として俊頼髄脳あたりを想定するのが最も妥当であろう[7]」といわれるものである。俊成がいつ俊頼髄脳を読んだのか不明ながら、いわゆる張騫譚が院政期には相当流布していたことを思えば、あえて俊頼髄脳に特定する要はないかもしれぬが、俊頼髄脳的な本説の影響下に、右の詠は詠まれているといってよい。ところが後藤祥子氏が指摘されたごとく[8]、後年の歌評活動の中では、俊頼髄脳的な本説の流れではなく、大江澄明詩や李嶠百詠をもって加判する。むろん俊頼髄脳所載の本説が積極的に利用される場合もある。ことに、田村柳壹氏の詳細な考察のごとく、志賀寺上人譚、百夜通い譚などは、勅撰集の本文流動というテキスト論上の障害を超えて、俊成の詠歌にとりこまれているのである[9]。

したがって俊頼髄脳の本説は、更に厳密な識別が必要となってくるだろう。田村氏は、俊成の「受容する歌語りの質的な問題に一定の基準があった」とされ、それを主として創作の立場からの弁別に重きをおいて論証されつつも、「院政期までに量産された荒唐無稽な歌語り」が、俊成に排除されたことを示唆された。

ただし、氏の論点は主として六条家歌学と俊成の対比にあり、俊頼とのそれにあるのではない（氏の考察において、俊頼は、能因―経信―俊頼という素性正しき歌語りの伝承者と位置づけられているようである）。これは、俊頼髄脳の中に俊成によってそのように認定された歌語りも含まれることから当然の位置づけであろう。稿者がことに問題としたいのは、いわゆる典拠未詳の流動的本説であり、その限りにおいて氏の考察を異とするものではない。しかし、院政期歌学の核心を体現する書が俊頼髄脳であり、基俊の批判がそこに収録された典拠定かならぬ本説に向けられているのであれば、たとえ俊頼に正統的歌語りの流れを担う部分があるにせよ、俊成と俊頼という関係は、俊成と六条家歌学という図式以上に問われるべき内実をはらんでいるのではないかと考える。

俊頼の詠歌や俊頼髄脳の記述を、才学によって批判しても、それは本説内部の整合性を問うに終わり、決して詠作への活路を開くものでなかったことは田村氏の指摘のごとくである。

さきの張騫譚を例にするならば、歌評活動という一種啓蒙的な場を使って、張騫譚を伝える素性正しき文献を提示し、それによって本説が荒唐無稽に流れることを阻止しているのではないかと考えられる。具体的には、張騫譚を伝える資料として、上述のごとき漢詩文を提示するが、その場合も、張騫に関する記事があるといわれながら所載記事に疑問を残す漢書については（他の判詞では引用するにもかかわらず）これを引用しないし、和歌童蒙抄に明記された金谷園記も引かない。こういった配慮は、おそらく当時流布していた張騫譚の資料的な側面を認定したうえでのものであり、俊頼髄脳が文字・口頭を問わず多量の資料によって定位した本説を資料の側から限定し、正統的資料群の中へ返してゆこうとしたのではないかと思われる。こういった方法は、見え隠れする他資料の発掘とその資料性の認否に腐心した顕昭の方法論が、それ自体の目的化に終わっていることとは対照的であろう。

このことは一面では、俊頼の開いた詠歌素材の拡大という成果を否定することであり、あるいはここに始まったかもしれない歌語りの世界を犠牲にすることでもあった。はやく中宮亮重家朝臣家歌合（『歌合大成』三六一に拠り、一部用字を改めた）で、俊成は以下のごとき判詞を残している。

道もなく行きふりつもるふるさとはもと来し駒もいかがとぞみる（雪　三番右　弁）

右、歌ざまはいと清げに見ゆ。①「もと来し駒もいかがとぞみる」といへるぞ心得ずおもふたまふる。②これは管仲が老馬の智もちゐたりしことをいふこと也。それは斉桓公征孤竹時、雪にあひて道を失ひて、軍衆みな知ることなかりしに、管仲老いたる馬を放ちて、それに従ひて、みかへりたりしなり。③されば道もなく雪ふりたらむ古里に、むねともと来し駒は来たるべきなり。いかがとは思ふべくもなきことなり。④これはただ「道見えねども古里はもと来し駒にまかせてぞ来る」といへる歌ばかりにつきてよまれたるにこそ。⑤その歌も本体はこのことをよめるなり。

該歌は「雪」題、後撰集歌（巻十四978）「夕闇は道もみえねどふるさとはもとこし駒にまかせてぞくる」、あるいは大和物語「夕されば道もみえねど古里はもとこし駒にまかせてぞくる」を本歌としている。本歌および管仲故事については田中幹子氏の論考に詳しいが、[10]いまその要点を摘記するならば、韓非子を源泉とする詩文世界での管仲故事では、雪のために道を失い、後撰集・大和物語などの伝える歌語りにおいては、夕闇に道を失うという違いがあり、俊頼髄脳は管仲といへる人の、夜みちをゆくに、くらさに道も見えねども、馬にまかせてゆく、といふ事のあるを詠めるなり。老馬智といへる事は、これより申すとぞうけたまはる

と、歌語り系の話を載せる。弁の歌は「雪ふりつもる」と詠んでいるのだから、一応詩文世界の管仲故事をふまえたとみてよい。

俊成判の論点は、まず①部分の疑問にある。「もとこし駒もいかがとぞみる」という疑念は、老馬の智という本説の核心に対するものであり、本歌のこのようなとりなし方は本説そのものの否定につながる可能性があるとみての疑問であろう。そのため俊成は管仲故事を再説し（②）、③で自説を提示するのである。④では一転して本歌との関係を述べるが、ここで弁の歌が「ただ～といへる歌ばかりにつきてよまれた」のではないか、すなわち「雪ふりつもる」とはあるものの、管仲故事を十分知らず、歌語りに拠ったにすぎないのではないかというのである。この疑問は、⑤から、俊成はあるいは歌語り系の歌が、管仲故事に拠るものかについての疑念を持っていたこと、または伝承の不確定性を予想していたことを示唆し、それゆえにやや性急な断定へと収束している可能性もある。

ともあれこの判詞にみえるのは、本説に基づいて詠む場合、本説を拡散的に用いてはならないという姿勢である。管仲故事は「老馬の智」という点に集約されるのであって、そこにこそ本意があり、その核心における説話的拡散は禁じられる。田中氏指摘のごとく、歌語り系の本歌を示す場合も注意深く「夕闇は」（夕されば）を除外し、定家本系俊頼髄脳で、歌語り系和歌の初句が「冬されば」と改変されていることは、俊成が管仲故事を詩

文系の本説に一本化しようとしていたことを示唆している。

俊成のこうした姿勢は歌評活動の最初期においても、また以下にみる円熟期においてもそれほど変化していないように思われる。

ます鏡うつしかへけむ姿ゆへ影絶え果てし契りをぞ知る（「寄絵恋」良経）

「ます鏡うつしかへけん」と云へる、何事にか侍らむ。由緒有りげに侍れど、愚管不覚悟（恋の語〈証〉なく）侍り。歌様は優ならざるにあらざるにや。（中略）「ます鏡」故あらば勝ちもし侍らむ。子細不分明之間、勝負難決歟。

六百番歌合における良経の「寄絵恋」詠。判詞にうかがわれる俊成の疑念は「ます鏡うつしかへけん」の意味するところにある。また本文に異同があり明確にしがたいが、恋の語がないといっているから「契り」だけでは恋歌と認定しがたいということでもあろう。また、仮に「絶え果てし契り」を絶恋と解しても、上句との関連が不分明ということであろう。判定は「子細不分明」をもって持とされた。俊成は「由緒有りげに侍れど」と何らかの本説の存在を予測させると言明しており、おそらくはそれを想定していたと考えられる。

良経詠の本説は、私見によれば王昭君譚である。(11)「ます鏡うつしかへけむ姿」とは、昭君が絵師に醜く描きかえられたことをいい、そのことと胡国で我が姿を鏡に映して見るという要素（後拾遺集1018　懐円）を重ねて詠じたものであろう。一首全体が鏡の縁でまとめられたうえで、「姿ゆへ」と昭君が醜く描かれたそのことによって契りが絶えたというのである。さらに懐円詠以来「見るからに鏡の影のつらきかな」と、胡地の昭君は自らの姿を鏡に映し見る（この姿が憔悴の相か美貌の相かについては二説ある）わけだが、良経詠では「影絶え果てし」と鏡の中にもはや昭君は映らないことを暗示している。そのように鏡の主題を通奏しながら、従来昭君が自らの悲運を嘆く人物に描かれてきた伝統を破り、絶恋を嘆く昭君を形象している。

昭君の恋は俊頼の周辺にある。この点については岡崎真紀子氏の詳細な考察がある(12)。まず俊頼髄脳は漢帝が昭君を恋う様を記す。次いで岡崎氏は、永久百首の俊頼詠「見えばやな見えばさりとも思ひいづる鏡に身をもかへてけるかな」は「別れた帝を痛切に恋い慕う」昭君の心を詠んだものとされた。ただ、氏が示されたごとく、文脈を異にするものの、宇津保物語では昭君（と明示されてはいないが）は帝の寵愛を一身に受ける妃と描かれており、あるいは俊頼の周辺に昭君と漢帝の恋を語る資料があったのかもしれない。

良経詠は俊頼髄脳及び俊頼歌の影響下にあるとみてよい。しかし、良経の意図は前述のごとく「子細不分明」ということで宙に浮いた結果となっている。ところで顕昭陳状は次のようにいう。

「寄絵恋」に付きて、漢の武帝の李夫人が影を甘泉殿の壁に図して心を慰め、後漢の元帝の単于に宮人ひとり給し時、王昭君、画描きに黄金の賂をせずして、形醜く描かれて胡塞へ遣されし怨みなどは、普通の事まで(13)、多く出で来侍らんずらんとて、無由横ざまに入進仕りて侍り。

顕昭は、「寄絵恋」という題は、李夫人・王昭君の本説をもって詠むことが普通であり、それを避けて別の故事を詠んだとの弁明をしているのである。良経の出題によるといわれる六百番歌合の百題は難題が多く、とりわけ「寄物恋」の二五題は特定の本説へ結びつかざるをえないものを含んでいた。しかし、顕昭の指摘した二つの本説のうち、李夫人譚はともかく、昭君譚は顕昭の示した概略による限り本来恋歌にはならないはずのものである。三村晃功氏が掲出された王昭君譚による詠は、諸歌集ですべて雑歌の扱いを受けており、[14] 六百番歌合「寄絵恋」題においても、昭君譚にもとづくと思われる詠は良経詠の他には、私見では次の一首をみるのみである。

今さらに誰に心をうつすらん我と墨絵はかき絶えにけり（有家）

有家詠は、為忠家初度百首仲正の

思ひきや墨絵にわれをかきなして花のすがたをけたるべしとは

に拠るものかと思われるが、本歌取りというにはあまりに仲正詠との関係が希薄であり、昭君譚を詠んだと断定することははばかられる。

ともあれ、顕昭の指摘は少しく疑問であり、背景に昭君譚の変質が兆していたことを考慮すべきかもしれぬがいまは措く。しかし昭君譚の核心が顕昭の示した概略にあることは認めてよいのではないか。そしておそらく俊成の認識も顕昭のそれとさほど異なるものではなかったと推測できる。[15] 昭君譚を「物語的な発想によって」「膨らませた」俊頼髄脳の所説を受容することは、物語的な増殖・流動を和歌の世界に受容することである。俊成が「故あらば勝ちもし侍らむ」と認容の姿勢をとりつつ持に止めたことは、拒否の意思表示であったとみたい。また、いわゆる新風歌人達の詠法がかならずしも俊成の庶幾するものとは一致せず、ことに本説による詠の場合、良経などの歌が俊成の容認する範囲をしばしば超えようとしていることは注意しなければならない。

結語

本説に関して、俊成は俊頼髄脳の提示した、あるいは俊頼の詠作したものの多くを否定している。その方法は俊頼否定を声高に言挙げすることではなく、歌評活動を通して巧妙に俊頼の所説を回避しつつ、本説をあるべき姿に整序するものであったと思われる。俊成自身、初学の時期俊頼的な詠作に惹かれていたらしいことが窺われ、おそらくは基俊門下に入ることによって俊頼の方法論の果てに何がもたらされるかを熟思するにいたったのではないか。密勘の俊頼評は決して無造作に記しとどめられたものではない。定家に描かれた俊成は、確かに基俊の俊頼批判にとどまってはいない。そしてそのことは同時に顕昭に対するものでもあったはずだ。六条家歌学の限界は、俊頼説の批判にあるのではなく、批判の後に構築するヴィジョンを持たなかった点にあることを、密勘は正しく捉えている。

では俊成のヴィジョンとは何であったのか。本説をめぐる俊成の歌評をみるならば、俊頼の欠落させた、また結果として切り捨てたものの再評価、すなわち素材の共時的開拓への懐疑と、やがては歴史性を利用した表現法の確立ではなかったか。それは言い古されてきた古典への回帰であるが、稿者はそのことが具体的には表現方法に関わって帰納的に獲得されるにいたったのではないかと考える。本説に関していえば、それを王朝的教養世界に限定整序することであった。それは俊頼によって示された一つの可能性、基俊のいう「無辺法界のいたづら事」を詠歌することの意味に沈潜することにより獲得されたものである。それにしても俊頼の示した可能性になぜ俊成は和歌の再生を見ることができなかったのか。俊成はついにこの疑問に答えることがない。このことは我々にその解答を求めるとともに、なぜ俊成がそれを明示する言葉を残さなかったのかという問題、さらには俊成の残した言葉をどの程度原則論として読みうるのかという問題ともかかわってこよう。

みてきたごとく、俊成は判詞を通して個別具体的に俊頼的世界を排除するが、原則的な発言はきわめて少ないのであり、例示した本説に関していえば、わずかに管仲故事において「本体」の語を用いるばかりである。その意味で俊成の歌評活動は徹底して経験則の積み重ねである。否定の根拠を原則論に立って示すことはきわめて少なく、たとえば「千木の片そぎ」では基俊の「「ちぎ」の二字頗る近俗なり」（中宮亮顕輔朝臣家歌合）を受け、師説を前面に出して使用を禁ずるが、その場合もそれ以上の理由は述べられない。とすればこうした個別の事例の積み重ねこそが俊成の唯一の方法論らしいものであったと解するほかないのではないか。そのことは古来風体抄が古来の秀歌を列挙する形式を選択することと不可分であろう。その風体抄において古今集本体論が揚言されるが、その理由は、

この集のころほひよりぞ、歌のよきあしきことも撰びさだめられたれば

とあり、古今集世界の価値観への無条件の同意が俊成の最終的な立場であったことを示している。和歌は、古今集以来、もっとも先鋭に価値基準を内在させてきた表現分野であった。本説による詠歌は、方法的には本歌取りの技法に近いが、その場合、本説には時間を属性とする同意と確定性が要求される。俊頼が新たな本説を導入したことは、俊頼自身の詠と俊頼髄脳の所説を、時間の始原に置いたことに他ならない。しかも俊頼がそれらを流動の相までを含んだままに定位したことは、明らかに本説を用いて詠歌する表現技法の本質に矛盾するものであ

った。俊頼の革新性はここにあったけれども、基俊の口吻が伝えるように、また俊頼の残した判詞からも推測できるように、その事を支える方法的認識は皆無といってよい。したがって、橋本不美男氏が指摘されたように、歌合の場での自詠を「創作の場」に立つことによってしか擁護できないのである。(16)

方途を持たない革新の熱意は俊頼髄脳に記しとどめられた多くの本説に名残を止める。しかしその多くは和歌世界にではなく、故地を求めるかのように謡曲や説話の中に再生する。俊成の古今集本体論が、山本一氏のいうごとく、理論でも対六条家対策でもなく、直感を機縁とする古今集への「「問答無用」の同意」であるとすれば、(17)その点で、俊頼にもっともきびしく対峙したのは俊成であったといわなければならない。

注

（1）「みがくれて」詠歌史については、西村加代子氏の論がある（「歌合判詞と和歌の創作―歌語「みがくれて」の論争を中心に―」『平安後期歌学の研究』第二章、和泉書院、平9）。氏は「みがくる」は原意「水隠る」に限定した詠法から次第に水に寄せて詠む詠法へと移行してゆくことを跡づけ、定家の立場は後者であったことを指摘されている。

（2）橋本不美男氏『王朝和歌資料と論考』（笠間書院、平4）

（3）小峯和明氏「和歌と唱導の言説をめぐって」（『国文学研究資料館紀要』21、平7・3）

（4）小川豊生氏「院政期の歌学と本説―『俊頼随脳』を起点に」（『日本文学』36-2、昭62・2）

（5）山田洋嗣氏「歌学書と説話」（説話の講座3『説話の場―唱導・注釈』〈勉誠社、平5〉所収）

（6）久保田淳氏『新古今歌人の研究』第二篇第二章（東京大学出版会、昭48）

（7）注（6）前掲書。

（8）後藤祥子氏「浮木にのって天の河にゆく話」（『源氏物語の史的空間』東京大学出版会、昭61）

(9) 田村柳壹氏「〈難義〉と俊成―院政期歌学の克服」(『國學院雑誌』95-11、平6・11)

(10) 田中幹子氏「『韓非子』所収「老馬之智」説話の日本における受容の変遷」(『伝承文学研究』38、平2・7)

(11) 良経詠が昭君譚を背景に詠まれたとの推測を支える詠に、夫木抄16774権僧正公朝の「しらざりき鏡のかげをたのみてもうつしかへける筆のあとまで」(題林愚抄では作者公雄)がある。また、摘題和歌集に「昭君昔情」題の良経詠五首がみえる。この五首は月清集にはみえず、青木賢豪氏も『藤原良経全歌集とその研究』(笠間書院、昭51)において拾遺の部に入れられた。いずれも昭君譚の中から、鏡・絵の要素をもって詠じている点は六百番歌合における詠と重なるが、一方で題に規制されたためか、恋の要素はない。

(12) 岡崎真紀子氏「平安朝における王昭君説話の展開」(『成城国文学』11、平7・3)

(13) 顕昭陳状のこの箇所、書陵部本のみで対校できないが、「普通の事まで」はあるいは「にて」の誤りか(浅田徹氏教示)。

(14) 三村晃功氏「漢故事題和歌からみた中世類題集の系譜―「王昭君」の場合―」(和漢比較文学叢書『新古今集と漢文学』〈汲古書院、平4〉所収)

(15) 千載和歌集甲類本にのみ実定の、「王昭君の心をよみ侍りける　あらずのみなり行旅の別ぢに手なれしことの音こそかはらね」が入る。同歌を「中国故事に傾斜し過ぎた点を意識しての切り出しか」(上條彰次氏『千載和歌集』和泉書院、平6)とみる立場もあり、俊成の本説に対する姿勢を考えるうえでなお検討を要する。

(16) 注(2)前掲書。

(17) 山本一氏「直感を導く古歌―俊成歌論における和歌史」(『日本文学』46-7、平9・7)

2 「みさび」考

――俊頼と俊成（二）――

一 「みさび」

①あさりせし水のみさびにとぢられて菱の浮葉にかはづ鳴くなり

千載集三203、題不知として入る俊頼の歌である。散木奇歌集によれば、「中宮御堂にて人々歌よみけるに、かはづをよめる」とある。

この歌の「菱の浮葉」（大野本「はすのうきは」）は先行の用例を見いだせないし、「（みさびに）とぢられて」といった趣向も同様である。かならずしも奇ではないが、斬新な言葉遣いであるといえよう。また、この歌には参考歌となるものも指摘されていない。

ところで、「みさび」については歌学書も殆ど言及せず、わずかに顕注密勘で定家が「水によせ」て詠む語の例にあげる程度である。現代の注釈書類では、「水面に浮かぶ錆状のもの」（和泉書院『千載和歌集』）、「淀みに生じる水渋」（新古典文学大系『千載和歌集』）、あるいは「「水渋」は「水銹」ともいい、水あかのこと」（講談社『新古今和歌集全評釈』二、301歌語釈）などと注され、しばしば「水渋」と同じものとされてきた。

この二つの語が、同義語、または別名という概念で捉えうるものであるとしても、完全に同一の語でないことは、他ならぬ俊成が両語を使い分けている（後述）ことからも推されるが、なおその推移には検討の余地があろうかと思う。

　前掲俊頼歌以前に「みさび」を詠んだ例を、管見の限り見いだせない。俊頼詠以降の作を検すると、院政期には以下のものをみることができる。

②みさびゐぬ鏡の池にすむ鴛はみづからかげをならべてぞみる（永久百首398　常陸）
③みさびゐて流れもいでぬ沼水をいとどもこむるかきつばたかな（為忠家初度百首141　俊成）
④わが恋は板井の清水みさびゐて心をくみてしる人ぞなき（為忠家後度百首640　親隆）
⑤年ふりてみさへおほ江に《（みさびおふてに）》しづむ身の人なみなみにたちいづるかな（白河尚歯会和歌　大江惟光、古今著聞集）
⑥みさびゐる人しれぬまの水茎をたれかながれとくみてしるらん（覚綱集97）
⑦みさびゐる心の水の底清みいつかすまして月をうつさん（寂然集II22）
⑧みさびゐてとしふりにける難波江のあしではかくぞみどころもなき（粟田口別当入道集117）
⑨みさびゐて月もやどらぬにごり江に我すまんとてかはづなくなり（山家集168）
⑩みさびゐぬ池の面の清ければやどれる月もめやすかりけり（同320）
⑪池にすむ月にかかれる浮雲ははらひのこせるみさびなりけり（同322、西行法師家集238）
⑫月のためみさびすゑじと思ひしにみどりにもしく池の浮草（山家集1021）

右の諸詠のうち、「みさび」の由来を示唆するものは④であろうか。④は神楽歌「杓」の末、

我門の　板井の清水　里遠み　人し汲まねば　水さびにけり

によるものであろう。この神楽歌は周知のごとく、古今和歌集二十「神遊びの歌」中に

我門の　板井の清水　里遠み　人し汲まねば　水草おひにけり

として入り、本歌としてはこちら（古今六帖も同じ）の方が圧倒的に多用されたようである。たとえば千載集に入った俊恵の

ふるさとの板井の清水水草ゐて月さへすまずなりにけるかな（1011）

は、続詞花集、治承三十六人歌合、中古六歌仙、六華集などにとられて著名である。

ともあれ④は「みさび」なる語が神楽歌「杓」末と関わるらしいことを明かすが、神楽歌当該本文には「水さびにけり」「水さゐにけり」「水草ゐにけり」の異同があり、また、仮に「水さびにけり」に拠ったにしても、その釈意は、「銹」「寂」「荒」などと分かれる。そういったことどもを考慮したうえでなお、私見では俊頼のいう「みさび」の始原を他に求めることはできないように思う。しかし、俊頼歌にはいうまでもなく神楽歌との本歌

取り的な関係を認めることはできないから、私見はあくまでも仮説であって、その上で論を進めたいと思う。

さて、「みさび」が神楽歌に拠るとの仮説に立つとして、俊頼歌に神楽歌との本歌取り関係が認定できず、④歌にそれが認められるという、逆行的な現象が生じていることは注意しておきたい。この現象の背後には、為忠家後度百首という多分に実験的詠作群の中ではあるものの、「みさび」という語と神楽歌との関係が発掘、認知されつつある状況があったとみてよいのではないだろうか。俊頼の用いる語が、すでに同時代においてさえしばしばその出所をめぐって論議されたことを思えば、俊頼が、たとえば本歌取りというようなわかりやすい手続きを踏んで歌語を開拓するのではなく、神楽歌によって、「みさび」という語をなかば創作した可能性も十分にあると思われる。因みに、前掲②から⑫のうち、⑤⑪⑫以外は「みさび」が「ゐる」という表現をとる。これはさきの神楽歌の本文に、「水草ゐにけり」があることと関わるかと思われるのだが、以後の用例を検しても、この措辞は踏襲されているようだ（なお、⑤の「みさびおふえ」は「大江」を掛けたための表現かと思われ、⑪は名詞としての使用、⑫は「みさび」を目的語に置いたための措辞かと思われるが、同様の言葉遣いは用例未見）。

院政期末期の「みさび」詠歌史をみて注意されるのは、西行に用例が多いということであろう。また、西行歌はいずれも「みさび」に「月」を配している。⑦の寂然歌も同様で、「みさび」を詠んだ歌の中でも、少しく特色のある歌群ということができる。寂然歌は、II類本寂然集の釈教歌群中の一首、「十如是」の「性」を詠んだ一首。「みさび」に覆われた我心も、いつか真如の月を映す時がこよう、というもので、「みさび」は象徴的に機能している。西行歌と先後は不明ながら、二人の交流から推して、何らかの影響関係を認めてよいかもしれないことに⑨⑩は、それぞれ「かはづ」「池上月」の題をもつが、述懐歌的な色合いの濃い詠である。

二　「みさび江」

「みさび」は、新古今期以後も、多くの歌人に詠まれた。良経には、俊頼詠を本歌とする歌がある。

⑬みさび江の菱の浮葉にかくろへて蛙なくなり夕立の空（千五百番歌合842、秋篠月清集828）

注目すべきは、⑬において、「みさび」が「みさび江」へと変化している点である。すでに「十題百首」で

⑭ふりにけるこやの池水みさびゐて芦間も月のかげぞともしき（月清集215）

を詠んでいるから、良経にとって「みさび」と「みさび江」は変換可能な語と認識されていたと考えざるをえず、両語がいかなる関係にあるかというあらたな問題が提出されたことになる。

良経が俊頼詠から「みさび」を摂取したことまでは確認できたが、これが「みさび江」へ展開した背景には何があったのだろうか。実は、管見の限り、「みさび江」という語を使用したのは前掲良経詠がはじめてである。それが、「水銹」に覆われた「江」であるのか、あるいは「み」が単なる接頭辞であるのかは、判断しにくい。仮に後者であるならば、「さび江」という語について考えねばならないだろう。

忠房朝臣、摂津守にて、新司治方が設けに屏風調じ

て、かの国の名ある所々絵にかかせて、さび江とい
ふ所にかけりける　　忠岑
年をへて濁りだにせぬさび江には玉もかへりて今ぞすむべき（1105）

右の引用は新古典文学大系『後撰和歌集』（底本は天福二年定家書写本を透き写しにしたもの）によるが、後撰集諸本のうち、承保本、堀河本、伝慈円筆後撰集切などは二句が「濁りたえせぬ」であり、『後撰和歌集』（工藤重矩氏校注、和泉書院、平4）は、定家本を底本としながら、この箇所は承保本系本文を採用している。詞書によれば、「さび江」は大阪湾の入り江につけられた地名であって、一般名詞ではない。

定家系本文によると、「濁りだにせぬさび江」と「濁り」を否定することにより、「さび江」が「錆江」と一般化することをとどめ、その地名性を強くしている。一方承保本系本文はこの逆で、「濁り」の継続性をいうことで、「錆江」のイメージを強く出し、結果的に「さび江」の地名性は後退したとみてよい。定家本系本文は、詞書との整合性という点で優れるが、和歌そのものについてみると、かならずしもそうはいえない。工藤氏も指摘されるごとく、「さび江」と「すむ」は、「錆」「澄」の呼応を意識させる。また、後撰歌が「孟嘗還珠」の故事によるとすれば、「濁りたえせぬさび江」すなわち「濁世」であってこそ「今ぞすむべき」が生きるとみるべきだろう。忠岑集をはじめ、この歌を載せる和歌童蒙抄、五代集歌枕、色葉和難集などは、「濁りたえせぬ」とする。また、永暦二年内裏百首での詠とされる続詞花集186、二条天皇詠

⑮よとともにちりもたえせぬさび江にもうつれる月はくもらざりけり

は、後撰歌によったと思われ、管見の限り、「さび江」を詠む二番目のものである。

ところで⑮歌には俊頼歌の影響は認められず、仮に「さび江」を一般名詞と解するにしても、二条天皇の意識に「みさび」という語があったかは不明である。さらに、後撰歌の「さび江」は「濁りたえせぬ」ものではあっても、俊頼のいうごとく「蛙」が「閉じられて」しまうような、水面を覆うものではない。何よりも、「さび江」に月が映るという表現は、いまだ「みさび」と「さび江」が別のものであったことを示すだろう。

とすれば、少なくも現存する和歌による限り、「みさび江」を「水錆江」という意味に移行させたのは良経とみてよいのではないか。新古今以後の和歌には、このことを考慮しないと解せない歌がみられる。

⑯みさび江の鳰の下道かきたえねかよふをそこと人しらぬまに（宝治百首2925　為家）
⑰みさびゐるふる江のかはづ草かげに人もすさめぬ音こそなかるれ（新撰六帖題和歌997　為家）
⑱みさび江のそこの玉もの乱るともしらるな人に深き心を（新続古今1057　兼好）

これらの歌は、水底を見せぬ「みさび」に覆われた「江」を詠んでおり、地名としての「さび江」を詠んだと特定できる要因を持たない。「さび江」は本来地名であるから、後世の歌枕書に一項を立てて載せられるが、その際後撰歌とともに、次の歌があげられる。

⑲みさびゐしさび江の橋の下水も君しわたらばかげやみえまし
（松葉名所和歌集1419「佐比江」の項に入り「懐中」の集付あり）

詠作時期、作者は不明だが、こういった歌は、「みさび」と「さび江」がある時期から結びついたことを語る。

以上、俊頼が初めて用いたと思われる「みさび」が、④の親隆詠を介して、神楽歌「杓」末の一解に発するものではないかとの見通しを述べ、あわせて「みさび江」にも言及した。

三　「みしぶ」

ところで、仮に俊頼が「みさび」という語を開拓したとして、そのことに影響を与えたであろう、また、冒頭記したごとくその同意語と理解されてきた「みしぶ（水渋）」について確認しておきたい。

「みしぶ」は、万葉集八1634「衣手尓水渋付左右殖之田乎引板吾波倍真守有栗子」（ころもでにみしぶつくまでうゑしたをひきたわがはへまもれるくるし）が初出と思われる。この語が復活するのはやはり俊頼の時代で、詠作事情等は不明ながら、仲実が次の歌を詠んでいる。

⑳いそげ田子ゆきあひの苗（わせ—夫木）のふしたつな麻須香井衣みしぶつくとも（万代652、夫木2573）

次いで久安百首で俊成が、

みしぶつき植ゑし山田にひたはへてまた袖ぬらす秋はきにけり（834）

を詠み、新古今集に入集した（巻三301）。俊成は五社百首でも

ふしみづやうき（さは―夫木2530）田の早苗とる田子は袖もひたすらみしぶつくらん（26）

を詠む。以後「みしぶ」は定着するが、それは田、田子、苗などの一連の語とともに詠まれるのであって、その意味でつねにその始発にある万葉歌を意識させるものである。また奥義抄、和歌初学抄、和歌色葉、八雲御抄等がこの語を載せる。なかで注意されるのは色葉和難抄である。

和云、みしぶとは水のしぶなり。しみ物なり。水渋とかけり。

「みしぶ」はその用例のほとんどが「衣」に「つく」ものと表現されるが、衣について「染み」るものでもあった。

小山田やしづがさおりのあさ衣をみしぶに染めてとる早苗かな（草根集2332）

管見の限り、「染む」までを表現する詠は正徹あたりが初出である。ただし、前掲万葉歌第二句の訓に、「シミツクマテニ」（神田本）があり、「水渋」に「ミシミ」（京大本）という訓のあることが関わっているかもしれない。

また、時代が降ると、おそらくは「みさび」との用法上の混乱を来したと思われるものもある。

秋の田のほきの沢水みしぶゐてかるをのあさのもすそまつらん（草根集3713）

正徹歌は、家隆の「かた山のほきのさを田は打返し春もや田子のみしぶつくらん」（壬二集1198）を本歌としたものと思われるが、「みしぶゐて」という措辞は、「みさび」に使用されるべきものである。

また、「みしぶ」「みさび」それぞれの詠のもととなった万葉歌、俊頼歌によって、「みしぶ」は田に生ずるものであり、「みさび」は池、沼などの水面に生じるものと詠み分けられてきてもいた。その点からいえば、やはり後代の

あやめ草ふかき沼はのみしぶにもそまぬみどりや色ぞすずしき（雪玉集7754）

にも混乱を認めてよいであろう。

結　語

以上「みさび」「みさび江」「みしぶ」の詠歌史をたどってきた。個々の歌人を新古今期を中心にみると、西行、良経は「みしぶ」を詠まず、家隆、定家は「みさび」を詠まない。もちろん現存和歌の範囲でのことであり、これを根拠としての意味づけは慎まねばならないが、少なくも俊成が両語を詠んでいること、さらに、両語を詠む歌が俊成、定家の関わった勅撰集に採られていることは注意してよいと思う。このことは、ことに俊成が両語の違いを明確に意識していたことを示唆する。例によって俊成は両語に対しての発言を残していないが、少なくも定家に対しては、何らかの意見を示していたのではないだろうか。

俊成は、院政期に開拓、あるいは再評価された語を受け、その使用の第二段階にあって、次代への影響を考慮

しつつ、使用の是非に一定の方向性をつけるという立場にあったと思われる。むろんこういった作業は俊成一人が行ったわけではないだろう。俊成も含めて、清輔も顕昭も行ったことであり、それが、肯定的にせよ否定的にせよ、院政期和歌を受け継ぐということであったはずだ。一つ一つの語につき、開拓、再評価の時点までいったん溯行することは不可欠の手続きであり、その上で、歌語としての使用の是非が検討されたはずである。その間の事情を、六条家の歌学者達は詳細に書き残しているが、俊成はこれを作歌、撰歌の場で、実践的に行うことに主眼をおいていたのではないか。

千載集に俊頼歌がとられたことは、「みさび」の使用の認容を意味するとみてよい。それは、かならずしも始原の明らかでない、証歌を特定しにくい語を、そのことをも含めて認容することであり、定家のいう、「やがて先例証歌となりて用」（顕注密勘抄）いられることを認めることであった。もちろん「先例証歌」が俊成にとって無用の要件であったはずはない。これが相対化されるのは、いうまでもなく語の力を認めた場合に限られるのであり、「みさび」に限定していえば、先にあげた寂然歌のごとく、あるいは「みさび」の使い手として最適であったかと思われる西行の一連の歌のごとく、「身さび」をも表現しうる語の深さ、または響き、また、「ゐる」という語で受けることによって生じるある種の時間性、乃至は継続性の付与、そういったものが、新奇ゆえの排除という定型化した対処を禁じたのであろう。

こういったきわめて複雑な、知識と感性を縦横に行き来する判断の軌跡を、たとえば六条家が生み出したような歌学書の定型の中に、俊成は書きとどめない。為忠家初度百首で詠んで以後、俊成自身は、管見の限り「みさび」を詠んでいない。その一方で「みしぶ」を二度詠み、定家は建保期に詠む。為忠家両度百首での俊成詠はたしかに後年の詠とは少しく異質な面があり、それは俊頼などの影響を強く受けた言葉遣いにも顕著である。ただ、その異質性を、長い俊成の詠作活動をふまえてどのように評価するかは簡単ではない。当然のことだが、詠まないことが語の否定に直截には結びつかない場合もある。俊成の場合、そういった判断は彼自身の詠作、現代的にいうならば、歌人俊成の個性に拘泥しない地平で行われていたと考えるべきだろう。

「みさび」「みしぶ」の両語を詠み分けた俊成は、それぞれの語が歌語としてどのような属性を有するものかについて次代へ伝える意図を持っており、俊頼歌を千載集に入れたことは、その一端であったとみたい。「みさび」の本意を提示するためには、「みしぶ」を詠む要がある、二度にわたって「みしぶ」を詠んだとき、俊成の心底をそのことがよぎったのではないか、と想像してみるのである。

3　あすもこむ野路の玉川萩こえて

――俊頼と俊成（三）――

はじめに

俊成が俊頼詠のどういった点を評価して、千載集に多数の詠を入集せしめたかについて、谷山茂氏は次のように述べられた。(1)

俊頼の歌の多様性を受け入れて、集のはばやひろがりを形成しながらも、やはり俊成は俊頼の「うるはしくやさしき」面に重心を置いて撰歌している。のみならず、その「うるはしくやさしき」面を、さらに俊成好みの詠嘆的抒情の方に引き寄せようとする志向さえがうかがわれるのである。

	詞花集	後葉集	続詞花集	千載集
詞花集	11	7／11 63.6％	0／11 0％	
後葉集	7／26 26.9％	26	2／26 7.1％	6／26 23.1％
続詞花集	0／11 0％	2／11 18.1％	11	3／11 27.3％
千載集		6／52 11.5％	3／52 5.8％	52

千載集奏覧を溯る二十年から四十年の間に、詞花、後葉、続詞花の三集が相次いで撰ばれた。

上表は、掲出した四集に入る俊頼詠がそれぞれ他の集での入集歌と一致する割合を示したものである。これをみると、千載集の俊頼詠は入集数が多いのみならず、歌そのものも他集とは一線を画するものであったといえよう。

さきに俊成が俊頼の歌を高く評価しながらもその短を周到に回避し、そのことによって逆に俊頼の歌才を損なうことなく和歌史に定位しえたのではないかとの見通しを示したが、(2)その短に深く関わる、いわゆる定かならざる本説による詠は、千載集の俊頼詠にはほとんどみえない。また俊頼やその時代の歌人に顕著な傾向であった万葉語や非歌語による詠は、かならずしもこれを否定してはいないものの、それらの語が詠み込まれた歌には、なお多面的な考察が必要であろう。用例からみればこれらの歌語は、千載集初見のものが多く、以後ことに新古今期に多用されている。万葉語の使用については、「優なる事を取る」「取り出でて宜しかるべき事を詠むべき」というごとく、歌人の言語感覚にまつ方針を示すのみであった。ために歌合の場で「不可庶幾」という判を下されることにもなり、その内在的規制ゆえの扱いがたさがあったのである。俊頼に詠まれたものに限らず、千載集に入った万葉語、非歌語は、とりあえず俊成の許容範囲に近いものであったと予測できる。また、俊成が許容したことと、俊成自身の歌人としての好尚とはかならずしも一致するものではないようだ。たとえば千載集入集の俊頼詠に詠まれた如上の語のうち、俊成の使用が確認できるのは、「しきしのぶ」（「しきしのぶ床だにたえぬ涙にも恋はくちせぬものにぞありける」千載集942、久安百首880）「野島が崎」（「あはれなる野島がさきのいほりかなつゆおく袖に浪もかけけり」千載集531等）などに限られ、言葉のうえでの俊頼摂取は、定家などの新風歌人の方によほど顕著に認められる。

教長など平安最末期の歌人が、堀河院時代の歌風を受け入れる際に、歌ことばの摂取をその基幹におき、そのために剽窃に近い詠作を残すに到った事情については、第二章第三節で述べるが、俊成自身もこの風潮に無縁でなかったことは、両度の為忠家百首（保延三年〈一一三七〉頃）が如実に語っている。その後、はやくも述懐百首（保延六年〈一一四〇〉）においてこの閉塞的な方法は打開されているように思われるが、本百首については渡部泰明氏の犀利な分析がある。(3) 為忠家両度百首から述懐百首への方法的転換は、きわめて大まかにいえば、歌ことばに拘泥し、そのことによって表現世界を切り開くのではなく、身の置き所を設定することによって、その内側、あるいは外側に視点を置き、自らの主情を言語化するという点にあったのではないかと推測される。その身は、述懐百首においてはもっぱら不遇沈淪の身、という設定であった。この設定が歴史的観点を積極的にとりこんでゆく時、三代集の和歌的盛時から隔絶した身ともなりえたであろうし、あるいは、渡部氏の指摘される、王権と関わってゆこうとする身でもあっただろう。

このような方法的転換は、長く堀河院歌壇の残照に捕らわれ続けた歌人たちが、歌ことば自体に表面的に拘り続け、その結果歌ごころを空洞化させていったこととは対照的である。

堀河院歌壇における歌語の開拓は、それ自体が俊頼のいうごとく、閉塞状況の打開策であり、結果そのものであった。結果という静止した時空を受け取って費消する状況が、実は平安最末期の歌界の一面だったのではないか。

俊頼詠への俊成の態度は、歌ことばに拘泥する限り、その真意を法則化できないだろう。その意味で俊成の判詞に使用された、すがた、優、などの曖昧な用語を分析することが、俊成理解においてもっとも誤差の少ない方法であることを先学は指摘され続けたのであった。ただ、これらの語もまた、俊成の変幻自在な身の設定を測りながら分析されねばならない。俊成の長い詠作期間全体を踏まえた立論はとうてい稿者のよくするところではないが、とりあえず、千載集入集の俊頼詠を一首ずつ分析し、そこから、俊成が何を評価したのかを探っていきたいと思う。

一　「あすもこむ野路の玉川萩こえて」

権中納言俊忠かつらのいへにて、水上月といへる心
　をよみ侍りける
あすもこむ野ぢの玉川萩こえていろなる浪に月やどりけり（千載集四281）

この歌は、千載集入集後、古来風体抄、近代秀歌、定家八代抄などにとられた。四句「いろなる浪」はのちに主ある詞として制されるが、そもそもこの句を用いた詠は少なく、管見の限り後鳥羽院の一首を見るのみである。

　河款冬
玉川の岸のやまぶきかげみえていろなる浪にかはづなくなり（後鳥羽院御集690）

「かはづなく井出のやまぶき咲きにけり花のさかりにあはましものを」（古今二125）を本歌とし、「いろなる浪」を四句においたこの詠が成功しているか否かは別として、取入れにくい歌句であったことは用例の少なさが証しているだろう。俊頼歌について近代秀歌は「是は面白く見所あり、上手しごととみゆ」と述べ、古注類は「あまた咲けん萩のしづ枝に浪のかかれるが、花の色にうつろへるに、月宿れる景気の面白きを、あかで明日もきてみんと也」（八代集抄）、「心は萩を波のこえて、うつる月も色になる、不及言語。又あすもきて見んと興じたる也。

又こんの心也」（九代抄）と、いずれも二句から五句に描きだされた情景の美、あるいは巧みさに着目し、「景気の面白き」「不及言語」と評している。また定家も「上手しごと」と構成力を賞しているから、この歌は「月光撒乱の幻想美」（新古典文学大系『千載和歌集』）において秀歌の評を獲得してきたのであり、とりわけその際眼目となる「いろなる浪」が余人の使用を拒むほどの秀句であったといえよう。

こういった評価は古来ほぼ一貫しており、一首の評価としては正しいといえようが、これを撰入した俊成自身の評価を語る資料はない。それゆえ俊成もまた定家等のそれと同様の見方であったように思いがちだが、はたしてそういいうるのか。

千載集に入った俊頼和歌のまとまった資料が散木奇歌集であったと特定されているわけではないが、入集歌のほとんどが同集に見えるものであるから、まずこれを資料としたと考えて大過ないであろう。千載集入集歌の詞書と散木奇歌集のそれを比較すると、たとえば、述懐性を前面に出すために、散木奇歌集での詞書「蛍」を「題不知」とする（202番）、あるいは「秋たちていくかもあらぬに、風ひややかにものこころぼそくおぼえければよめる」を、立秋のテーマ拡大のために「初めの秋の心をよめる」とする（234番）などの処置、いわば集の構成に寄与するかたちでの変更は認められるものの、詠歌事情を全く変えてしまうというような場合は殆どないといってよい。ところが、「あすもこむ」詠は、歌題は同じであるものの、詠歌事情が全く異なっている。散木奇歌集では、当該歌の詞書を「大弐長実の八条にて水上月といへる事をよめる」とする。

両集における詞書の相違についてはほとんどの注釈書が未詳としているが、谷山氏は「混同」とされ（谷山茂著作集三『千載和歌集とその周辺』第二章第二節）、上條彰次氏は「千載集詞書との相違については不詳。あるいは

「桂」と「月」との縁語的構成を意識しての俊成の虚構か」と少しく踏込んだ解を提示されている（同氏『千載和歌集』和泉古典叢書8、和泉書院、平6・11）。ただし詞書の内部での桂と月の関係を強調することが、この歌に効果的であるか否かについては疑問とせざるをえないのである。

ところで散木奇歌集にはもう一首「あすもこむ」を初句におく歌があることに注意したい。

二条帥俊忠のかつらの山里に、桜柳交枝といへる事をよめる

あすもこむしだり桜の枝ほそみ柳のいとにむすぼほれけり（98）

俊忠はいうまでもなく俊成の父であり、千載集には俊頼と俊忠の贈答歌を入れるなど、格別の思い入れがあったと想像される。仮に千載集281歌詞書の不審点が散木奇歌集98歌の詞書と歌の存在に関わると考えるならば、諸注があまり注目しなかった「あすもこむ」という初句が、俊成にとっては意外に重要であった可能性もあるのではないかと思われ、この点を吟味してみたい。

初句に「あすもこむ」という明快な句切を有する句を置く歌はそれほど多くない。平安末期から新古今期にかけては、俊頼の二首があるほかに以下のようなものがある。

白川院花見の御幸の時よみ侍りける　大宮前太政大臣

a あすもこむけふもひぐらし見つれどもあかぬは花のにほひなりけり（玉葉161、今撰20、万代289）

暮山花といへる心をよみ侍りける　　行能
bあすもこむ風しづかなるみよしのの山の桜はけふ暮れぬとも（新勅撰95、石清水若宮歌合47）
山路秋行　　行能
cあすもこむ契を松にしをりしてけふはいなばの峰の秋風（元久詩歌合108）
大井河にまかりて落葉をよめる
dあすもこむとなせいはなみ風吹けば花に紅葉をそへてをりけり（長明集47）

abはいずれも逆説の語によって倒置法になっているがその分説明的になっているし、cもまた「けふは」と限定的に表現することが同様の効果につながっていよう。これに対してdは、二句以下が直接初句につながらないため、句切がより深く、構造的には281歌にもっとも近い。そして俊頼のいまひとつの詠「あすもこむしだり桜の枝ほそみ柳のいとにむすぼほれけり」も同じ構造の歌である。

これら「あすもこむ」を初句に置く歌の中で、俊頼の二首と長明のd歌がとりあえず類似の構造を有するとして、281歌がさらに独自に有する特徴がある。それは、二、三句の「野ぢの玉川萩こえて」がそれ自体で一つの意味を形成し、詠み上げられた時の効果を内蔵している点である。具体的には、二、三句は、「あすもこむ」と意思した主体が、萩の乱れ咲く野ぢの玉川を歩み進む様を幻視させ、やがて四、五句にいたってそれが月光に照された萩と浪のきらめく情景へと像を結び、主体は招かれるようにその情景の中に立つ、のではないか。

たしかに二句以下は「月光撒乱の幻想美」を表現しており、そのことなくしてこの歌は秀歌ではありえない。しかし、その幻想美に結実する以前の短い時間のなかに、もうひとつの美が隠されていることを、俊成は評価したのではなかったか。そしてこの方法は、後年俊成がくり返し述べた、「うたはたゞよみあけもし、詠しもしたるに、なにとなくえんにもあはれにもきこゆる事のあるなるへし」（『古来風体抄』初撰本）という抽出しがたい歌の美の在所にたどり着くひとつの可能性をもった方法と認識されたのではなかったかと考える。

さらに初句「あすもこむ」にもどれば、この句切に蔵される強い心の傾きは、対象へひたすらあこがれ進むものであるが、281歌は、詠み上げる際に生起する予測としての主体の動き（二、三句）が、最終的には幻視であることを明しつつ、残映として作用し、そのことによって初句の強い心の動きを支えるものであろう。そのことは逆に、ａｂｃ歌にみられるような理知的な整合性は、たとえ描き出された情景がいかに美しくとも、そのような心の傾きを支え切れないことを意味してはいないだろうか。

俊成が「あすもこむ」という初句に目をとめたとすれば、続く二句以下に初句を支えるものがどのように描き出されるかに注目したからに他ならない。その意味で、俊成が評価したのは、「いろなる浪」といった秀句ではなく、主情が動きとして表現に結実する一首の構造であり、それを誘導するのは、「あすもこむ」という特異な初句であったのではないか。

281歌の詞書は、古来風体抄においても、定家の著作においてもそのまま継承されている。現在のところ281歌が散木奇歌集の詞書のいう長実家における歌会のものである可能性が高いとされてはいるものの（上條氏前掲書）、あるいは、別の資料によってこれが訂される可能性もある。

撰集資料の当否という論点に立てば、千載集281歌詞書は錯誤の産物とみるのが至当であるだろう。しかし、これが定家の著作等に一向訂されることなく受け継がれていった事実は、全く別の撰集資料を彼らが保持していた可能性をわずかに残しつつも、錯誤の定着という半ば強引な行為とみるのが妥当ではあるまいか。そこに稿者は、この歌に対する俊成の思い入れの深さを読み取ってよいのではないかと考える。281歌は、おそらく「あすもこむ」という上述のごとき効果を誘導する初句として俊成の注意を引き、それがたまたま長実家歌会と俊忠家歌会の両歌会で詠まれていた、そのために俊成は当初錯誤を犯した可能性はある。しかしそれは散木奇歌集を子細に見ればすぐに判明する体の錯誤である。また仮に全く別の資料があったとしても、それが散木奇歌集の権威を凌駕するものであるとは考えにくい。とすれば、錯誤から出発したにせよ、最終的にそれは俊成の意図的改変と理解すべきものであるだろう。その動機に上條氏は「桂」と「月」の縁語的構成という面を指摘されるが、しかし氏の解にしたがうと、「桂」と「野路の玉川」という異なる土地が逆に一首の印象を分裂させるという反論も成り立ちうるのであって、にわかには従いがたいのである。むしろここは文学的意図というよりは、名歌を血縁の主催した歌会に関わらせたいという点から発した改変とみてよいのではないかとひとまずは考えておきたいと思う。

二　「またやみむ交野のみのの桜狩り」

俊成が俊頼から得たもの、あるいは俊成の評価した歌とはどのようなものであったかを、千載集入集歌から考えるのが本節の課題であるが、281歌を上述のごとく解するとすれば、俊成の実作にその影響をみることができるであろうか。

281歌の特徴を、とりあえず初句切れ、及び二句以下の表現内容の多層性という点にしぼるならば、稿者の脳裏にすぐさま浮ぶのは建久六年二月良経家五首歌会での詠「またやみむ交野の御野の桜がり花の雪ちる春の曙」である。

この歌は、のち慈鎮和尚自歌合の小比叡十五番に入れられた俊成自讃の歌である。この歌に対する諸注釈は「またやみむ」を疑問、反語のいずれにとるか、また底流する叙情を、歎老と解するか、情景美の一回性への愛惜ととるかについて、諸説を示す。さらに、慈鎮和尚自歌合の俊成判詞が「桜狩」にこだわりをみせるところから、渡部氏は、それが「君臣和楽する古代の宮廷の威儀と威勢を表すもの」であり、落花を雪と見るまなざしを「王権をめぐる幻想」が支えると読みとかれた（4）。

如上の諸説を視野に入れつつ一首を読むならば、まず「またやみむ」という初句切れの深さに注目される。ここをたとえば『新古今聞書』（『新古今古注集成　中世古注編2』）は「又やみんといひて、したに又やみさらむの心あるなり」と言外の意味を補足して解する。さらに、家隆の「又やみむ又や見ざらん白露の玉をしきける秋萩の花」（嘉禎二年遠島歌合）を定家が批判して「こゝろ浅き哥」と評したと伝える。井蛙抄には定家が、「又や見んにて、又やみざらんは不足なき物を」と述べたとあり、定家の正確な発言がどのようなものであったかは確定できないものの、「またやみむ」はすでに補足の要のない表現と捉えられていたことを語っている。家隆の歌は「白露の」が「知ら（ず）」を掛けているから、あきらかに「又やみざらん」は不用の句であったろう。定家が俊成の歌と比較してこの箇所を批判していることから、注目されるのは幽斎の『詠歌大概抄』の解である。同抄は「かた野とうけたるは、又みん事はかたきといへる秀句也」と明確に解している（この解に対して久保田淳氏は「うがちすぎであろう」と一蹴された〈『新古今和歌集全評釈』〉）。

渡部氏も指摘されるように、二、三句は「「の」の音が多用され、いかにも滑らかな続き具合」だが、初句の句切れの深さから一転ことばの意味を溶解させるような「の」音の多用は、逆に「かた」「み」を浮かび上がらせてはいまいか。幽斎が聞き取ったのは、そこだったのではないかと思う。すると、「交野の御野の」は、「難」「身」（あるいは「見」）を揺曳させる句ではなかったろうか。そのように解したとき、定家の家隆批判の意味も明確になるだろう。

「またやみむ」を受けた二、三句は「難し」「身」を揺曳させながら、落花しきりの王朝的情景を描く。(5) その多層的表現によって初句はすぐさま否の解を含み持ち、万感の名残惜しさを描出することになるだろう。この歌もまた、詠み上げることによってその表現的効果をあげるが、その仕組はさきの俊頼詠と酷似している。詠み上げるとは、主情を時間の流れにのせて具体化することである。その過程で、聞き手を参与させながら。

だが、俊成の詠は、俊頼の主情のように幸福な陶酔にたどりつかない。「またやみむ」「かた（難）ののみ（身）」と俊成は残酷な応答を演出するが、それは彼自身の身をふたつに分けての、いわば自問自答であった。俊頼の描き出した情景には主体が確かに存在したが、「花の雪散る春の曙」は誰のものでもない風景として、聞き手の前に普遍化される。そこに、俊頼との時間的隔絶さえもを用意しながら、同じくこの上ない美的情景の中に歌を閉じる。

俊成の描いた情景が、王朝的美の世界であることはいうまでもない。そこから、王朝世界との途絶を主情の原点に読みとることも不可能ではないが、それはこの一首のみから帰結すべき問題ではないだろう。ただ、何かに強く傾く心と、それが結局は虚しく終わる、という身の設定は、読みとってよいのではないか。俊頼の歌には、確かにそのような身から詠み出された叙情があった。俊成が評価したのは、その点ではなかったかと推測する。

注

（1）谷山茂著作集三『千載和歌集とその周辺』第二章第四節第一章第一節参照。
（2）第一章第一節参照。
（3）『中世和歌の生成』第一章第一節（若草書房、平11）
（4）同氏注（3）前掲書第一章第五節、第四章第三節
（5）同氏注（4）前掲書

4　林下集贈答歌群をめぐって

はじめに

後徳大寺実定に関する研究はそれほど多くない。実定は長く説話中の人物として捉えられてきた面があり、ここからの離脱、つまりは実定の実像がいかなるものであったかについての考察の歴史は比較的新しいといえよう。実定研究史の画期をなす論考は中村文氏の「後徳大寺実定の沈淪」（『立教大学日本文学』46、昭57・7）であろうが、林下集についてははやく松野陽一氏の詳細な研究がある（「林下集について」立正学園女子短期大学『研究紀要』8、昭39・11。『鳥帚　千載集時代和歌の研究』（風間書房、平7）に補説を付して再録。以下引用は後者による）。松野氏の研究は林下集の全体像を把握する上で必須の要件を満たすものであるが、贈答歌群について少しく見方を異にする部分もあるので、以下に私見を述べることとしたい。

林下集は多量の贈答歌及び哀傷歌群を含む家集である。このうち亡室哀傷歌群に実定の人間像を探ろうとしたものに近藤芙紗子氏の論考がある（「藤原実定論　妻の死を巡る哀傷歌を中心に」『藤女子大学国文学雑誌』昭46・3）。ただし氏の論旨が妻の死を沈淪の決定的要因とし、家集を実人生の直截な反映と見る点、私見とは若干見方が異なる。

また歌人としての実定については、同時代の証言として、無名抄に以下の記事がある。

　「無明の酒」を「名もなき酒」と詠んだこと

　実定の秀歌「なごの海の」に対する俊恵の批判

　後年「詠み口」が後れたこと

これらの評価に対しては、俊恵・長明の立場、発言の時期を視野に入れた考察が必要であること、いうまでもない。しかし一時期の実定が歌壇に一定の影響力を有したことは否定できない事実であろうし、実定を含む閑院家歌壇の意味もまた考察すべき問題を含むものと考える。そのための一段階として、以下に林下集贈答歌群の考察をしたいと思う。

一　詞書の問題

贈答歌の詞書はかならずしも正確な読みとりの可能なかたちでは記されていない。なかには贈答歌のいずれが実定の歌かを特定しにくいものさえみうけられる。前掲論考において松野氏は、同集285・286、319・320の贈答歌につき、それぞれ以下のように述べられた。

　おなじころ、右馬権頭隆信朝臣許、申しつかはしたりし

おもふ人なきがおほくはなりぬともこのわかれこそかなしかるらめ（285）

返事

みのうさもこのことにこそしら□あらましかばとおもふ□（286）

「思ふ人」が実定の歌の如くに見えるが、（隆信集を参照して）実定への隆信からの弔問の歌と考えられるから、無論、隆信集の形が正しいわけである。

右京大夫よりまさの朝臣殿上したりしころ、申しつかはしたりし

雲の上をおもひたえにしはなちどりつばさおいぬるここちこそすれ（319）

返事

雲の上に千代も八千代もあそぶべきたづはひさしき友となりなむ（320）

前の歌が実定の歌の如く見えるが、頼政集によると（中略）頼政の歌ということになる。内容から見て頼政集の方が正しいのはいうまでもない。

右の問題は、他出資料のある歌はそれを参照することで解決の一助とすることができるが、林下集以外にみえない歌については、歌意と詞書より判断する他ない。

ところで、林下集の詞書は、歌のやりとりをする他者との関係性を示す際に、一定の型をもっているように思われる。それを意味の上から分類すれば

A　実定が対象に歌を送る

B　対象が実定に歌を送る

となるが、解釈を複雑にするのは、Bの場合に文型として

b1　対象のもとより（実定へ）（対象が歌を贈る）

b2　対象が（実定へ）送る

の二つがあることであろう。b1の（実定へ）は常に省略され、（歌を贈る）もほとんどが省略されるが、

雪ふりしあしたに、三位としなりの卿のもとより、申しおくりたりし（173詞書）

の例がある。しかし多くは

…兵衛のもとより（132詞書）

のごとき型である。b2の「送る」に相当する語は「申しおくる」が多く、他に「申しつかはす」「送る」がある。

一方Aの場合、主語となる実定は当然省略され、対象への方向性を示す語は「もとへ」が多く、他に「もと

に」「に」「へ」がある。したがって松野氏が疑問とされた285詞書は

右馬権頭隆信朝臣許、申しつかはしたりし

の「許」をどう訓むかによって意味が変わってくることになろう。すなわち「もとへ」と訓めばAの型になり、氏のいわれるごとく、隆信集に徴して林下集の誤りとせねばならない。一方「もとより」と訓むならば173詞書と同型であるから、問題は氷解する。

また319詞書はBのb2に相当すると解すれば、松野氏のいわれる疑念は晴れるのではないか。同様の型は

亡室かくれ侍りてつぎの年の五月五日、上西門院兵衛申しおくりたりし（73詞書）

おなじころ備後前司するみちの朝臣申しおくりて侍りし（252詞書）

など比較的多い。もちろんこのように対象を主語とした表現は誤解を招きやすいことにかわりはない。たとえば

三月尽日寂超入道申しおくりたりし（55詞書）

の場合、他出文献もなく、かつ歌意からただちに詠者を決めることが困難である。むしろここは他の詞書から帰納的に詠者を決めざるをえないのではないか。

二　和歌本文の異同

次に、他出文献に徴すると、林下集所載の和歌本文が相当異なる場合がある。

　おなじころ左宰相中将、嵐のいたくふきしあしたに
もみぢばのふかきいろにもたぐふらんなげきのもとにもろきなみだは（A）（269）
　返歌
ものおもふやどのこずゑのもみぢばはなみだとともにとまらざりけり（B）（270）

同じ時の贈答を載せる資料に実家集と続古今集がある。

　内大臣、さきの大納言と申ししとき、うへにおくれられたるころ、ほどへて、かれよりいひつかはしたりし
ものおもふやどのこずゑのもみぢこそなみだとともにとまらざりけれ（C）（394）
　かへし
もみぢばのもろきにたぐふのみならずなみだもともにいろやみゆらん（D）（395）
（実家集）

だいしらず　　　　　　　　　　　　　　　　　後徳大寺左大臣

ものおもふやどのこずゑのもみぢこそなみだとともにとまらざりけれ（1454）　　（続古今集）

いま仮に歌末尾にA〜Dを付したが、同じ時の贈答を収録したのであれば本来はA＝C、B＝Dとなるはずだが、林下集と実家集とでは歌順が替わっており、B＝Cとなる。とすればA＝Dかというと、A、Dは同じ歌と判断することがためらわれるほどに異同が大きい。したがって本来の贈答がA、B（＝C）、Dの順に行われ、各集の収録する歌が異なったのだと解せないこともない。しかしそうした場合、D歌のおさまりが非常に悪いように思うが如何であろうか。さらにA、Dに語彙の重なりが著しく、にもかかわらずそれが贈答歌特有の応答の体をなしていないこと、Dの初句がある歌を前提とした表現であるとすれば、それに相当する歌がないという疑問もある。したがってA、Dは別の歌ではなく、いずれかが改作されたのではないかという推測に傾く。

林下集には実家との贈答、あるいは共詠が五箇所にみえる。そのうちの三回の贈答は実家集にも収められていて比較が可能である。

としのくれに　　　　　　　　　　　　　　　　左宰相中将

うかりけるとしといひてもけふくればそのなごりさへたちやへだてむ（275）

返事

よのつねのとしのくれだにあるものをいかにかすべきけふのかなしさ（276）

そのとしのしはすのつごもりの日、おもひやりし、
あはれにて、さきの大納言の御もとに
うかりけるとしのかたみもけふくればまたへだたらんことやかなしき（396）
おもふらんことしもくれぬかくしおきてむかしがたりにならんあはれを（397）
かへりごと
よのつねのとしのくれだにあるものをいかにかすべきけふのかなしさ（398）
（実家集）

月のあかかりし夜、とうの中将さねいへのもとへ申
しつかはしし
おもひやるこころはきみがかげながらひとりながむるよはの月かな（303）
かへし
いまぞきく心はきみにかよひけりおなじくもゐのつきをながめて（304）

月いみじくあかきよ、内大臣の大納言にておはせし
ころ
おもひやるこころはきみがかげながらひとりながむるよはの月かげ（156）
かへりごと
いまぞしるこころはきみにかよひけりひとつくもゐの月をながめて（157）
（実家集）

いずれも実家の歌に相当の異同が認められる点、注意しておきたい。

家集を編む際に自詠を改変して入れる場合のあることはすでに無名抄に季経の例をもって記されている（「歌つくろへば悪事」）。林下集に即していえば師光との贈答に関して松野氏が以下の例をあげられた。

をのの宮のじじゆうもろみつ、九月ばかりにしほゆあみになにはのかたへまかりて、かへりたりときき て申しつかはしし

みやこだに秋のあはれはあるものをひなのながぢのものがたりせよ（129）

返ごと　もろみつ君

おもひやれひなのすまひのさびしさはなにはの事をかたるべきみと（130）

なにはよりかへりて侍りしに、左大臣実定のもとより

みやこだに秋のあはれはあるものをひなのながぢのものがたりせよ（81）

返し

おもひやれひなのながぢのさびしさはいとふみやこへかへるこころに（82）

（師光集）

松野氏は両首の異同について、「単なる伝写上の異文というより師光自身の改稿の可能性が強い」とされ、師光が自詠を改稿したことについて「常識的には相手の実定の手に残った方が初案、師光集の方は撰集に際しての、歌群構成を意識しての改作とみるべき」とされた。つまり家集編纂の際には自詠を改変するのであって、相手の歌を改変することはないということであろう。しかし、師光集にみえる贈答歌のうち、他出資料の残存するものを比較すると、130歌の改変はあまりにも顕著である。これだけの資料からどちらが本来の贈答であったかを確定することはできないが、印象としては「ひなのながぢ」という語が両首にみえること、実定集の場合、「なにはのこと」が「難波」「何は」をかけて詞書と対応していることから、師光集のものの方が本来のかたちであり、むしろ実定集の方がより整ったかたちを求めた改変を経ているように思われるが如何であろうか。

以上若干の例をみたが、林下集の贈答歌は他出資料と比較した限りでは、実定の歌は大体においてさほどの改変を経ていないのに対し、相手の歌が改変されていることが多いように思われる。相手が家集に入れる際自詠を改変したのか、実定が相手の歌を改変したのかは判断がむつかしいが、かならずしも自詠を変えることが常識とは断定できない面があるのではないかという私見を提出しておきたい。

三　贈答歌の特色

林下集は多量の贈答歌を含み（集中の四割強）、ことに哀傷、雑の部は贈答歌群で構成されているといってよいほどである。実定は貴顕のゆえもあってかそれほど多くの歌会に参加してはいないが、少なくも数度の百首を行い、また歌林苑とも関係があったと思しいから、ある程度の題詠歌を詠出したであろうと思われる。林下集は実定自撰といわれるが、ならばなおのこと、これだけ多量の贈答歌が入ることと実定の歌観が何らかの対応をなしていると考えるべきであろう。

では林下集の贈答歌にはどのような特色が認められるのか、以下に二、三の点を述べたい。

① 詞書との関係

斎院の女房のもとより、本院の桜ををりてこれはみるやと申しつかはしたりしかば

ひとえだのにほひはあかず神がきやはなのこずゑをゆきてながめむ (29)

返事

ひとえだをあかずおもはばさくらばなこずゑにのこるほどをすぐすな (30)

かくてのちとしへだたりて、またかの女房のもとより

たのめしをなほぞまたるるとしをへてかはらぬ花の心ならひに (31)

返事

年をへてはるはわがみのよそなればかはらぬ花を如何がみるべき (32)

又おなじ人のもとより

しめのうちのかみのめぐみにかかりなばはなさく春をよそにしもみじ (33)

斎院の女房との桜をめぐる贈答だが、31歌詞書に「としへだたりて」とあるごとく、同じ春ながら年を隔てて

いる。つまりこの五首は同じ人、同じ桜をめぐる長年月にわたる一つの完結した世界をもった歌群とみることができよう。他にも菊花をめぐる頼政との、身の処し方を悩む小侍従との贈答歌群などがある。こういった歌群を集中に入れるならば、詠作年次順の配列は本来的にとりえないものになるだろう。

あるところにまかりて名をかくしてはべりしかば、

あしたに人のもとより

わするなといひしはたれぞあさくらやきのまろどのにそらなのりして（223）

返し

いまよりもなのらでをみむあさくらや木のまろどのにひとたづねけり（224）

おなじ所にまかりて、ひるもまゐらんなんど申したりしかば

みつしほのひるまにこむとたのめしをまちぞわびぬるすまのあま人（225）

かへし

みつしほのひるまはいまもいかがあらむすまのあまびとみるめはづかし（226）

223、224は詞書の「名をかくしてはべりしかば」、225、226は「ひるまもまゐらん」という言動そのものを反映した歌であり、詞書は和歌と密接に結びつくとともにきわめて具体的な性格を帯びている。こういった詞書の性格は哀傷歌群において一層顕著である。亡室哀傷歌群については前掲近藤氏の論があるので、父公能哀傷歌群を検

証してみたい。同歌群は以下の六首からなる。

故右府の御事の時、九月九日大宮大盤所へたてまつりたりし
うゐおきしまがきのきくをよそにみてけふはなげきをつむわが身かな（255）
返ごと
かはりゆくうき世をきくの花みてもさこそなげきはきみもつむらめ（256）
御いみはてて、おなじころうんりん院にまゐりて、とかく世のこと思ひいでてだうのはしらにかきつけ侍りし
おもひきやくものはやしにたちいでてきみをけぶりになしてみむとは（257）
おなじころ九月十三夜のことにや、月おぼろなりしに
ものおもへばなみだに月もくもるかとやどよりほかの人にとはばや（258）
四十九日は九月つごもりのひあたり侍りしに、人人ちり侍りしかばおぼえし
またもこむほどをまつべきあきだにもわかるるけふはかなしきものを（259）
かくてのち人の御日記を見て
をしへおくそのことのはをみるたびにまたとふかたのなきぞかなしき（260）

公能は応保元年（一一六一）八月十一日に薨じたから、九月九日の重陽は薨去後一月もたたぬ頃のこと、公能が植えおいた菊をめぐる贈答に始まり、雲林院での詠、九月十三夜の月を見ての詠、ちょうど四十九日にあたった九月晦日の詠と続き、公能の日記をみて悲しみをあらたにする、という展開である。ところでこのうちの259歌は、他出資料によれば長方の歌である。

徳大寺左府うせられて侍りしころ、九月尽日、三位中将のもとへ申しつかはし侍りし（A）

又もこんほどを待つべき秋だにもわかるるけふはかなしきものを（B）（189）

返し（C）

身にしみてをしむとをしれ別れにし名残の秋のかたみと思へば（D）（190）

人人のちる日

みな人は木木のこの葉とちりぢりに成りゆくほどはいかがかなしき（191）　（長方集）

徳大寺左大臣みまかりて、九月尽日、内大臣のもとへ申遣し侍りける　中納言長方

またもこん程をまつべき秋だにも別るるけふは悲しきものを（978）　（月詣集）

林下集に自詠「身にしみて」が入っていないことについてはやく仲田顕忠が、長方集でいうとAとDが脱したかたちになっていることを指摘しており、松野氏もこれを追認されている。この指摘を簡明に示せば、本来の林下集では以下のごとき構成になっていたことになる。

四十九日は九月つごもりのひあたり侍りしに、
人人ちり侍りしかばおぼえし（C′）

身にしみてをしむとをしれ別れにし名残の秋のかたみと思へば（D） （返し）（A′）	脱落部分

又もこんほどを待つべき秋だにもわかるるけふはかなしきものを（B）

しかし、林下集259の詞書は独白的で贈歌とは感じられない書きぶりであり、かつ「人々ちり侍りしかば」に重点があって、歌の「わかるる今日」が一連の仏事終了後の寂寥と解される仕組みになっている。つまり長方集189とは歌は同じながら意味が変わってくるわけである。さらに、長方集191歌が189、190と一連のものであるならば、その詞書「人々のちる日」がこの問題に関わってくるのではないかとも思われる。またもっとも基本的な問題だが、長方集189詞書には「徳大寺左府」とあり、これは実能を指すとみるのが妥当ではないか。これを公能の誤りとする見解は管見に入らない。そうすると公能哀傷歌群の中に実能薨去をめぐる歌が紛れ込んでいることになる。これを伝本上の問題とするならば、単なる脱落にとどまらず、きわめて複雑な本文の混乱を想定せざるをえなくなる。したがって断案には至らないが、林下集が長方詠を自詠のごとくに取り込み一連の公能哀傷歌群に位置づけた可能性があるのではないかと思う。公能哀傷歌群に物語的展開を付与して構成しようとしたとき、実定が長方の歌稿を自詠と誤った可能性もないとはいえず、そこには一首の良し悪しよりは、詞書と一体化して歌群に一定の位置を獲得すべき表現としての和歌を重視する意識が作用しているのではないだろうか。以上の点から、林下集が長方詠を自詠のごとくに取り込み、一連の公能哀傷歌群に位置づけた可能性を指摘しておきたい。

②　贈答歌を底流する古歌

林下集には兵衛、小侍従といった女房たちとの贈答が多くみえる。これらの贈答からは彼らがどのような意識をもって詠歌していたかが伺われるが、古歌の問題について検討しておきたい。

月あかかりし夜むめの花のえだをりにつけて、大宮の小侍従がもとへ申しおくりし

はるのよの月にながむるむめのはないろもにほひもかくれざりけり（11）

返事

あやなしといひけんはなのいろもかもしる人からに月やみすらん（12）

実定歌は、「色こそみえね」という歌がありますが、月が明るいので「色もにほひも」かくれなくて、といい、小侍従は「知る人ぞしる」という古歌がありますように、あなただからこそ月は梅の色も香も見せるのですよ、

と応じる。二人が念頭に置いているのは古今集の

春の夜のやみはあやなし梅の花色こそみえねかやはかくるる（41）

君ならで誰にかみせむ梅の花色をも香をも知る人ぞしる（39）

であろう。林下集にはこのように特定の古歌を下敷きにした贈答がかなりみられるが、注目したいのはこれらの古歌が大体において三代集に集中していることである。

稿者がこの点に注目するのは、平安末期には題詠歌の流行、拡大する歌語、細分化する歌学、といった流れの中で、堀河院歌壇期の歌を一種の規範として享受する層があったのではないかと考えるからである。その例を第二章第三節に教長の詠作を通じて述べるが、林下集にみられる上述の詠歌は、当時の歌界が示していた一つの方向性とは異なる世界を構成しているように思われるのである。

③　用語の閉鎖性

贈答歌に限らず、実定の歌には特有の意味をもって使われたのではないかと思われる用語がある。一例をあげる。

おなじころ新三位公保のもとへ、左中将公光の朝臣
おとづれたりときゝて

かなしさはこのはのみかはやまざとのかけひのみづのながれをもとへ（254）

右の一首は祖父実能薨去に際しての詠歌である。公保は実能の息。公光は実能の弟季成の息。従兄弟を弔問した公光に対して、祖父を失った自分を訪ねてほしいといっていると解されるが、そこで使われた、「このは」だけが悲しさを感じているのではないのだから「かけひのみづのながれ」も訪ねよ、という言葉遣いはいうまでもなく比喩であろう。すなわち、このは（木の葉）は公保を、かけひのみづのながれ（筧の水の流れ）は実定自身を指していると解される。とすれば「かけひのみづのながれ」は実定が実能の嫡孫であることを意味するだろう。「筧の水の流れ」「筧の水」は、歌語としてはごく一般的であるが、管見の限りこの言葉に門流、家柄の意味を負わせた用例は稀であり、次の例がそれに相当するかと思われる。

①山里のかけひの水のかけはなれいへの流れもたえぬべきかな（風情集548）
②クレタケノモトノカケヒハカハラネドナホスミアカヌ宮ノ中カナ　経正
③クレタケノモトノカケヒハタエハテヽナガルヽミヅノスヱヲシラバヤ　守覚
④アカズシテナガルヽ袖ノ涙ヲバ君ガヽタミニツヽミテゾオク　守覚
⑤あかずして別るゝ君が名残をばのちのかたみにつゝみてぞおく　守覚
⑥呉竹の懸け樋の水はかはれどもなほ住みあかぬ宮の中かな　経正

①は風情集の末尾におかれた百首に近い歌群の中にあり、歌題その他は付せられない。この歌群は風情集の中

でもとりわけ沈淪意識が濃厚に表れたものだが、この一首も同様である。「かけひの水」からかけ離れるように、（本流から）かけ離れた私によって、「いへの流れ」も絶えてしまいそうだ、と、明らかに本流を意識し、支流としての我が流れが絶えることの嘆きを詠んだものと解される。公重の人生を反映した嘆きといえるだろう。

②以下は若干問題がある。いずれも平家物語にみえる贈答だが、②③④は延慶本、盛衰記にみえ、⑤⑥は覚一本にみえる。それぞれの贈答は、歌順が異なる上に、「筧の水」が何を指すかにも違いがある。

延慶本系の本文によれば、贈答の要となる「クレタケノモトノカケヒ」が、経正詠では「カハラネド」、これを受ける守覚詠では「タエハテヽ」とまったく逆の捉え方がされている。したがって経正のいう「クレタケノモトノカケヒ」は守覚の流れをいったものと解され、守覚のいうそれは経正の流れ、すなわち平家一門をさすことになろう。経正詠は「守覚の門流は不変であるが」といい、これを受けて「なお住み飽きない御寺のうちです」というのであるから、不変の流れから去って行かねばならない名残惜しさを詠んだと解される。しかし、上句と下句の断絶が大きく、表現としては物足りなさが残る。これに対して守覚の返歌は、「平家一門の命運は絶え果て」、その筧の流れを汲むあなたの「ナガル、ミヅノスヱヲシラバヤ」と取りなすのであるから、「筧の水」が権威を有する家柄を意味する言葉であることを互いに了解した上で、その具体的に指し示す家柄を違えることによってその明暗を語ったとみたい。

これに対して覚一本の本文によると、延慶本の③に相当する歌がなく、かつ同本の④②の順に贈答が交わされたかたちになっている。したがって、同本における贈答の要となる言葉「あく」が、それぞれ要としては機能していないことになる。贈答歌としての如上の不備については中村氏の指摘があるが（「平家物語と和歌　平家都落の諸段をめぐって」『平家物語　受容と変容』有精堂、平5・10）、覚一本のもう一つの問題点は⑥歌の三句が「かはれども」とある点である。「呉竹の懸け樋の水」が変わった、すなわちある家柄が変化を余儀なくされた、しかし私は宮の中、つまり守覚の御寺に止まりたい、と訴えていると解される。とすれば、「呉竹の懸け樋の水」は平家を指すと見るべきで、延慶本本文とは歌は類似するものの、三句によって指示内容の変わる部分があるとみるべきだろう。いずれにせよ、この贈答は「筧の水の流れ」がある門流を示す言葉であることを了解しなければ解し得ないものと思う。但し、若干の疑問もある。守覚詠の「クレタケノモトノカケヒ」が平家一門を指すとみる場合、「クレタケノ」という初句が問題として残る。「クレタケノ」は皇族を示す語でもあることを考慮すると、平家一門を皇族と同様に扱っていることになる。その事の是非を論ずる用意はないが、平家一門に「クレタケノ」を冠することが不適当であるならば、「クレタケノモトノカケヒ」は意味的にも経正の贈歌をそのまま取り込んだものとみて、「タエハテ、」は守覚自身の悲嘆の様を表し、悲嘆の末に自分はどうなるのであろうか、という読みが要求されるように思う。しかし、「ナガル、ミヅ」は経正の境涯を表す言葉とみるのが適当のようにも思われ、断案を得ない。

いずれにしても、林下集には特殊な意味を含み持つ歌語が使用された歌があり、しかも贈答歌という、より共有された意識の存在を前提とする場に使用されていることは注意しなければならないだろう。そのことは実定の詠歌圏を示唆するとともに、実定の歌が私的な、閉ざされた性格を有していたことをも物語るだろう。

嘉応二年住吉社歌合での実定詠「数ふれば八年へにけりあはれわが沈みしことは昨日と思ふに」について、中村氏は「文学的昇華」を経た「創作」であるとし、これを受けた松野氏は「林下集の沈淪訴歎から還任祝賀でまとめる編纂意図」が実定の「作為的演出」であった可能性を示された。

林下集の贈答歌はかならずしも初案の忠実な再現でない可能性が高い。ことに哀傷歌群は時間軸に沿った配列がなされていることもあり、その折りの歌稿を並べたというような印象を受ける。しかし家集編纂の際に捨てられた歌のあることは予想しなければならないし、選ばれた歌には相応の理由があり、実定の構想に基づいて再構成されていることを考慮せねばならないだろう。再構成の一要素として、歌稿・作者の変更が行われたのではないかと考える。つまり、林下集贈答歌群と実際の贈答との間には、一定の虚構があると見るべきだと思う。では虚構に何を委ねようとしたのであろうか。実はそのことこそが問われなければならない。前引松野氏の見解は、実定の人生のドラマ化、また同論が中村説を受けての補説であることを考慮すれば、平家との敵対を避けた巧妙な自己演出を機縁とする家集編纂という見方の提示であろう。林下集が見せる実人生と仮構のずれは、実定の立場抜きには論じえないものであるだろう。

しかし、そういったトータルな見方とは別に、個々の贈答から汲み取りうる歌人としての実定の志向、乃至は立場といったものも押さえておきたいのである。

本節で言及した箇所からも、王朝世界への志向、詞書の機能を重視した和歌との一体性、さらには特定の意味を負う語の使用による共有感覚への志向、などを指摘することができるかと思う。こういった要因を探ることが如上の問題解決の一助となるのではないかと思うがすでに紙幅も尽きた。とりあえずは贈答歌群が一定の虚構といいうるものを含む可能性を指摘し、すべて今後の課題としたい。

補記　小論公刊後、赤塚睦男氏「雅語「霧」―病気の比喩として―」（『国語国文学研究』28、平4・9）のあることを知った。氏は「霧」という語が病の比喩として「短期間、狭い人脈の中に現」れ、「あたかもグループ内の隠語、符丁のように使用されていた」ことを論証された。そしてその人々の中心にいるのが、実定・隆信であるという興味深い結論を提出されている。

5 花の吉野

——平安末期成立の本意をめぐって——

はじめに

西行は花の吉野を数多く詠んだ。西行の吉野詠は季の歌を越える述懐性を濃厚に帯びて、当時の歌人たちに大きな影響を与えたようだ。

吉野詠歌史については片桐洋一氏の箇にして要を得た整理がある。(1) 吉野が桜の地として詠まれるようになった要因に、西行の一連の桜歌群があるとされるのである。勅撰集を検すると、千載集には西行の吉野詠はみえず、新古今集に至って三首が入る（春二首、雑一首）。いずれも花の吉野を詠んでいる。

花の吉野といういわば本意は、右の新古今集における西行の三首、及びその影響歌をも含めた歌によって最終的な認知を得たと解されるが、その経過は西行という歌人の行為と詠歌を象徴的な論拠としつつも、それのみによっているわけではないように思われる。そこには、平安末期歌壇のさまざまな要因が作用しているようだ。

一　みよしののたかきの山

み吉野のたかきの山の桜花ならぶにほひはまたなかりけり（貧道集97）

うちなびき春さりくれやみ吉野のたかきの山に鶯の鳴く（夫木8417　よみ人知らず）

詠作時期は特定できないが、いずれも平安末期の詠である。歌合に目を転じると、

たづねつる花咲きにけりみよしののたかきの山にかかる白雲（別雷社歌合99　隆信）
旅人ははれまなしとや思ふらんたかきの山の雪のあけぼの（右大臣家歌合34　経家）
み吉野のたかきの山の花盛ならぶものなき色とこそみれ（民部卿家歌合17　経家）

といった詠を拾うことができる。「みよしののたかきの山」は、万葉集にみえる吉野の山名である（「見吉野之高城乃山尓　白雲者　行憚而　棚引所見」巻三353）。この歌は五代集歌枕に掲載されるものの、本文が

みよしののたかまの山の白雲はゆきはばかりてたなびきて見ゆ

であって、二句は「たかまの山」となっている（八雲御抄には「たかきの〈高城〉」とあり、建長八年百首歌合四九四番の判詞中に、「みよしののたかきの山の白雲はゆきはばかりてたなびきにけり」と引用するから、ある時期から「たかきの山」という本文が定着したものと思われる）。

さて、前掲夫木抄8417歌は注記に「歌林苑歌合、鶯、よみ人しらず」とあり、平安末期の詠かと推定される。また貧道集の歌は詠歌事情不明（貧道集の成立は教長の没年である治承二年の三月十五日（この日賀茂別雷社歌合）以前としかいえないが、同集の草稿は安元末年に成ったかとされる）。この二首が、管見の限り「たかきの山」のもっと

も早い詠出例である。教長と歌林苑の関係を考えれば、両詠が無関係とは思われず、教長周辺に「たかきの山」を解く鍵がありそうだ。まず、教長が直接万葉集歌に拠った可能性だが、教長は歌学書に引用されるものを除いては、万葉集歌を摂取した形跡は認められないから、ここも別の資料によったと考えるのが妥当かと思う(2)。万葉集に拠っていないとすれば、残る可能性は古今集の新院御本（崇徳院本古今集）であろう。古今集317歌は、

夕されば衣手さむしみよしのの吉野の山にみ雪ふるらし

だが、新院御本、清輔本などでは、四句に異同がある。その間の事情を顕昭古今集注は次のようにいう。

（ユフサレバコロモテサムシミヨシノ、フカキノヤマニミユキフルラシ）
此歌、新院御本には、たかき山と有。普通本にも如此。又万葉云、
みよしのゝたかきの山の白雲はゆきはゞかりてたなびきてみゆ
然ば、たかきの山も《と》あるべき歟。また万葉歌に云、
ゆふされば衣手さむしたかまつの山のはごとに雪ぞふるらし
此歌相似歟。或本に、たかま・《つ（朱）》の松とかけり。似事歟。たかまの山は葛木也。吉野とつゞくべからず。
（注釈部分は竹岡正夫氏『古今和歌集全評釈』に拠る）

顕昭注は二句の本文に重点をおくものだが、四句が清輔本では「フカキノ山」、新院御本では「たかきの山」、ま

た普通本にも「たかきの山」とあったという。(3) そこで、「ふかきの山」「たかきの山」のいずれが合理的かを考えるに、顕昭は万葉集353歌を参照し、「たかきの山」が妥当だと結論づけるのである。また万葉集2319歌（暮去者衣袖寒之　高松之　山木毎　雪曽零有）が古今集317歌に似ていることを指摘する。次いで或る本に「たかまの山」とあることをいうが、これは家持集（西行談抄も同様）の

夕されば衣手さむしみよしののたかまの山にみ雪ふるらし

を指すかと思われる。この本文については、地理的な面からこれを否定している。

一方俊成本では、永暦本、昭和切が「よしのゝ山」に「タカキノ」を傍記し、建久本は「よしのゝやま」、寂恵所校本は「よしのゝやまに」に「タカキノ俊本ソハニツク」と傍記する。本行本文が傍記に優先することが保証されるわけではないものの、俊成本が一貫して「よしのゝやま」を本行に置く点は注意しておきたい。

一方「ふかきのやま」という清輔本本文は、清輔本の成立に関する従来の研究によれば、通宗本本文によるかと思われる。「ふかきの山」なる用例は管見に入らないが、「ふかき山」を詠む歌に次の三首がある。

春ごとに霞たなびくふかき山おなじところにいかでみゆらん（田多民治集5）
なほたのめ頼む心ぞふかき山恩をすつるは恩をしるなり（拾玉集3224）
おきわたすまきものあさしふかき山梢をれふすほどはなけれど（正治初度百首2262　信広）

忠通、信広詠は、あるいは固有名詞を詠んでいるかとも思われるが、確たる手がかりはない(4)。ただ、仮に忠通の詠が、「ふかき山」を固有名詞として詠んでいるとすれば、清輔本本文の由来を語る資料にはなるだろう。忠通は崇徳院御前での古今集談義に加わっていたとされるから(5)、そこで古今集の本文に関する論議もあったものと思われ、清輔本本文がそれを取り込んだ可能性も考えられる(6)。

顕注密勘で再度顕昭はこの部分の本文に言及するが、定家の意見は示されていない。この箇所が「よしのの山」という定家本本文に定着してゆく過程で、俊成はどのような言動を残しているだろうか。教長の周辺で「たかきの山」が詠まれた頃、俊成は三度にわたって判者としてこの問題に関与している。

Aたづねつる花咲きにけりみよしののたかきの山にかかる白雲

…みよしののたかきの山など、めづらしきことにはあらねど、宜しきやうにみえ侍り

（別雷社歌合　花　二十番左　隆信）

B旅人ははれまなしとや思ふらんたかきの山の雪のあけぼの

…高城の山の雪は、歌の長ありて、優に侍るべし。この高城の山も吉野の山にこそ侍れ。旅人などの常に過ぐる事はいとなくや侍らむと覚え侍る上に、雪の夕暮（左歌―稿者注）すこしさびて思ひやられ侍れば

…（負）

（治承三年十月十八日右大臣家歌合　十七番右　重家カ）

Cみよしののたかきの山の花盛ならぶものなき色とこそみれ
　たかきの山の花盛ならぶものなき、心ざしありて侍るべし（持）
（建久六年民部卿家歌合　山花　九番左　経家）

A判で「みよしののたかきの山など、めづらしきことにはあらねど」としながら、B判では「この高城の山も吉野の山にこそ侍れ」と、「たかきの山」に対する矛盾した態度を示している。その上で「旅人などの常に過ぐる事はいとなくや侍らむ」と実情的な面からの疎遠を述べて、歌枕としての認定に消極的な姿勢をみせる。[7] C歌は、前掲教長の「みよしののたかきの山の桜花ならぶにほひはまたなかりけり」によっていることは明かであろう。俊成がそのことを知っていたかは確認できないものの、経家としては、教長歌を自詠の証歌として示すつもりもあったのではないか。判詞が「たかきの山の花盛ならぶものなき」と、「みよしのの」を外していることも見落とせない。経家は後年の建長八年（一二五六）百首歌合でも「おとにきくたかきの山はなもしるし雲居にみゆる峰の紅葉ば」と詠んでおり、あくまで「たかきの山」を吉野の歌枕として詠出しようとする意志が感じられる。そこに古今集本文をめぐる俊成と六条家との確執を読むこともあながち間違いではないかもしれない。

「みよしののたかきの山」は、新院御本の存在が問題にされ、古今集本文が定着してゆく過程で実作に取り込まれた歌語であろう。教長に即していえば、彼が新院御本を二度にわたり書写し、その権威をもって守覚に古今集の伝授を行う、という伝本の流伝に関わった副産物ということになる。

以後「たかきの山」は、洞院摂政家百首で光俊が（「みよしののたかきの山の花盛雲居に雲のたつかとぞみる」）、宝治元年（一二四七）院歌合で通忠が（「みよしののたかきの山の桜花雲より空ににほふ色かな」）、宝治百首で為経が

（「ふりつもるほどぞしらるるみよしののたかきの山をうづむ白雪」）詠み、前掲経家詠が建長八年百首歌合で詠まれたのち、ほとんど詠まれなくなる。古今集317歌の本文が「みよしのの吉野の山」へと制定されていったことと、「たかきの山」詠歌史の終焉は関わるとみてよいだろう。

二　吉野の山々

万葉集でしばしば詠まれた吉野の山々は、吉野が遠くなるにつれ次第に詠まれなくなっていった。八雲御抄は吉野の山に関して、以下の記事を載せる。

よしの〔同　芳野〕（岩のかけ道。そでふる山これをいへり。みよしの。花。霞。雲。霧。月。雪。松。滝。みよしののまきたつ山といへるもよしの也。）
みふねの〔同　三船〕（吉野也。雲。よぶこ鳥。みよしのゝ。たきのうへの―。）
みづわけ〔同　水分〕（みよしのゝ。月。神さぶる。岩ねこりしく。）
たかきの〔同　高城〕（同。）
きさのなか〔同　象の中〕（きさはちかき山とも云也。みよしのゝちかき山と云心也。さらば非名所。きさ〔象〕の山とも。吉野也。よぶこ鳥。松。）
そでふる〔同　袖振〕（或異名歟。吉野也。一説在対馬。）
あをがき〔同　青垣〕（一説ニなし。吉野也。）
みゝがの〔同　耳我〕（吉野也。）

御抄も指摘するように、「きさのなか山」あるいは「きさ山」は固有の地名ではないとの見方も示される。また、「そでふる山」は「よしの山」の別名であるとの説、さらに「そでふる山」は対馬の名所であるとの説も併記されている。(8)「よしの山」が吉野の山々の総称として用いられる一方で、個々の山名に対する関心もあったこと、またそれぞれの名称や存否について諸説あったことがうかがわれる。

万葉集では吉野の個別の山が詠まれたが、その背景に地理的な近さがあったことは諸家の指摘されるところである。平安遷都以後、吉野は都から遠く、ために仙境、春遅き地と詠まれた。

勅撰集において個別の山名が詠まれるのは、詞花集の次の歌が初見である。

みよしののきさ山かげにたてる松いく秋風にそなれきぬらん（巻三110　好忠）

以後、新勅撰集に「みよしののみふねの山」を詠んだ人麿詠が入るまで、吉野の個別の山名は勅撰集にはみえない。しかし家集や歌合をみると、平安末期には山名に限らず、吉野の個別の地名を詠む動きがあったことが確認される。

万葉に詠まれた地名への関心という意味で、まず注意されるのは堀河百首だが、同百首では、吉野の山を詠む歌は若干みられるものの、個別の山名を詠むのは次の一首だけのようである。

滝の上のみふねの山の紅葉ばはこがるるばかりなりにけるかな（861　隆源）

吉野の山々を詠歌素材としてみる動きは、堀河百首の頃ではなくそれより半世紀ほど後ではないかとの見通しをとりあえず示して、以下個々の山に関する詠歌史をたどりたいと思う。

みづわけ山

神左振　磐根己凝敷　三芳野之　水分山乎　見者悲毛（巻七1130）

五代枕154　初学抄168
袖中抄238 380　雲葉951
新千載1645　夫木8876

けさ見れば水分山をおしこめて霞ながるる春はきにけり（忠盛集1）
夕霞水分山にふかければたつともみえず花の白雲（経盛集4、月詣103）
み吉野の水分山のたかねよりこす白浪や花の夕ばへ（清輔集41、三井寺新羅社歌合2）
桜さく水分山に風ふけば六田の淀に行きつもりけり（重家集497、続後拾123）
春ごとに末も流れぬ滝つせは水分山の桜なりけり（親盛集9）

万葉歌が五代集歌枕などの歌学書に引かれる一方で、忠盛以下の歌人が「みづわけ山」を詠む。忠盛詠は久安百首（卒去により除棄された）。経盛詠は、萩谷朴氏が承安元年（一一七一）春の経盛歌合の折りの歌とされる。清輔詠は夫木抄にも作者名清輔で入るが、承安三年八月の三井寺新羅社歌合一番右の詠と同じである。作者は少輔君（作者注記には「三井寺南院執行房住　教智律師房」とある。教智は教長・頼輔の兄弟。萩谷氏は少輔君が教智本人である可能性も示唆される）だが、この歌については清輔代作の可能性が指摘されている。[9] 重家詠は承安二年の公通家十首歌会の際の歌。親盛詠は詠作事情不明。以後正治初度百首（2268）、建保内裏詩歌合（48）などで詠まれた。

みふね（の）山

滝上之　三船之山尓　居雲乃　常将有等　和我不念久尓（巻三242）　五代枕155　夫木8873
王者　千歳尓麻佐武　白雲毛　三船乃山尓　絶日安良米也（巻三243）　六帖517　夫木16494
三吉野之　御船乃山尓　立雲之　常将在跡　我思莫苦二（巻三244）　五代枕156　家持集170　新勅撰1228
滝上之　御舟乃山尓　水枝指　四時尓生有　刀我乃樹能　…（巻六907）
滝上乃　三船之山者　雖畏　思忘　時毛日毛無（巻六914）　五代枕157
朝霧尓　之努々尓所沾而　喚子鳥　三船山従　喧渡所見（巻十1831）　五代枕159　童蒙抄728　袖中抄587

かりがねはみふねの山やこえくらむ梶かけたりとあまつ声する（恵慶集230、夫木4885）
滝の上のみふねの山の紅葉ばはこがるるばかりなりにけるかな（堀河百首861　隆源、玉葉806）
このごろはみふねの山にたつ鹿の声をほにあげてなかぬ日ぞなき（散木奇歌集455、続後拾遺303、雲葉453、夫木4634）
なきていづるみふねの山の郭公いかなるかたへさしてゆくらん（保安二年長実歌合2　顕仲、夫木2821）
小夜中にみふねの山の郭公ほのかになきてすぎぬなるかな（永縁歌合24　花林院得業）

「みふねの山」は吉野の山の中では比較的早い時期に詠出例があるとともに、用例そのものも多い。恵慶歌は好忠の百首に応和して詠まれた百首の中にある。ただし万葉歌との関連は薄く、「みふね」の語を利用することに興味があったようだ。俊頼歌も同様である。その点堀河百首で詠まれた隆源歌は、242歌など複数の万葉歌に詠まれた二句を取り込んでおり、万葉歌への志向をみせているといえよう。その後、掲出したごとく堀河院歌壇期だけでも相当の用例を確認することができる。平安末期に到っても事情はそれほどかわらないが、隆源歌以外は依然として「みふね」の語を生かしただけの歌が多い。その点、仁安元年（一一六六）重家歌合の生西詠

風吹けばみふねの山の桜花白浪かくる心地こそすれ

は、「みふねの山」の「桜」を詠んでいる点注意される。同歌合では公重が「吉野山花のさかりになりぬれば木末におつる滝の白糸」（花　七番左）と詠むように、すでに吉野の桜は定着しており、生西が「みふねの山の桜花」を詠んだのもその動きに同ずるものであろう。判詞（判者顕広）には

「みふねの山」「白浪かくる」などいへる、たくみには見ゆるを、白浪かくるほどぞいかにぞや聞こゆれど、

とあり、舟と白浪の縁語仕立てを巧みとはみるものの、白浪が山までかかるということごとしさを難じている。これは「み舟の山」へのこだわりが原因であり、「みふねの山」が吉野の山であることよりも、「舟」に着目する詠歌史と、花の吉野というあらたな展開とがうまくかみ合わなかった例といえるであろう。その意味で、治承二年（一一七八）別雷社歌合の道因詠「みよしのの三舟の山の桜花年はつめどもいろはかはらず」（ただしこの歌存疑歌、『歌合大成』四一〇解説参照）、また霞題の公時詠「三舟山そこともみえぬ霞にておちくる滝の音のみぞする」は、縁語に拘泥せず詠みえている。ただ、公時詠に対して判者俊成は

「おちくる滝の」などいへる姿いとをかしくこそ侍めれ。みふね山いづこにてもはべりぬべからむ

と評している。四句の姿を賞する一方で「みふねの山」に対しては「いづこにてもはべりぬべからむ」と、いわ

ば必然性を欠く点を難じているのである。しかし、万葉集242歌「滝の上のみふねの山に」など、かならずしも「みふねの山」が浮き上がっているとは思われず、俊成の意図はわかりにくいものがある。

「みふねの山」は吉野の山の中では比較的早い時期から詠出例を見いだすことができ、後世に到ってもこの事情にそれほど変化はない。ただ、「舟」を縁語的に使用するだけの歌も多いことは事実である。

きさ山　きさの中山

倭尓者　鳴而歟来良武　呼児鳥　象乃中山　呼曽越奈流（巻一70）
三吉野乃　象山際乃　木末尓波　幾許毛散和口　鳥之声可聞（巻六924）

五代枕160　夫木1806
五代枕161　童蒙抄175　初学抄159
夫木8820

みよしののきさ山かげにたてる松いく秋風にそなれきぬらん（好忠集397、詞花110、和難集428）
みよしののきさ山ぎはの桜花よこゐる雲にみぞまがへつる（林下集27）
散り残るきさ山陰の遅桜あだなるものとみえずもあるかな（夫木1245〔家集、歌林、鴨長明〕）
五月雨に丹生の川原のそまくだしひかぬによするきさの山ぎは（万代677〔右大臣家百首、実定〕）
きさ山の吹雪わけける衣手になにいとひけん秋の初霜（玄玉307　家隆）
つまごひやわりなかるらむみ吉野のきさ山かげにを鹿なくなり（有房集Ⅰ155）
み吉野のきさ山かげのすずのいほに雪のうはぶきけさぞしてける（有房集Ⅱ51）

「きさ山」は「きさ山」「きさの中山」があるが、後者の平安期の詠出例は管見に入らない。「きさ山」平安期の初出例は好忠詠だが、万葉集歌に詠まれた素材を踏襲せず、あらたに「きさ山」の「松」を詠む。八雲御抄にも記すごとく、この取り合わせは長く受け継がれ、後鳥羽院（御集682）、順徳院（御集434、599）、公継（千五百番歌合

1416）、為家（為家千首812）などに詠まれた。

好忠詠が詞花集に入集して以後、実定の歌合詠がある。長明の詠は夫木抄の注記には「家集、歌林」とあり、歌林苑での詠かと思われるが、家集には未見。実定は治承二年（一一七八）右大臣家百首でも「きさの山ぎは」を詠む。有房詠などは詠作事情不明だが、「きさ山」の詠歌例が平安末期から急速に増加することは注意してよいだろう。

付、まきたつ山

個別の山名ではないが、御抄に「みよしののまきたつ山といへるもよしの也」とある「まきたつ山」について付け加えておく。

「みよしののまきたつ山」は万葉集の以下の詠に拠る。

味凍　綾丹乏敷　鳴神乃　音耳聞師　三芳野之　真木立山湯　見降者　…（913）

三芳野之　真木立山尓　青生　山菅之根乃　慇懃　吾念君者　天皇之　…（3291）

「みよしののまきたつ山」「まきたつ山」いずれも平安末期の用例しか管見に入らない。「まきたつ山」の初出かと思われるのは、良経邸で披講された十題百首（建久九年閏十二月四日）の寂蓮詠、「寂しさはその色としもなかりけりまきたつ山の秋の夕暮れ」である。「みよしののまきたつ山」は、それから二、三年の後に良経と慈円に相次いで詠まれる。

みよしのは花のほかさへ花なれやまきたつ山の嶺の白雲（治承題百首）
みよしののまきたつ山に宿はあれど花見がてらの（に）おとづれもなし（南海漁夫百首）
みよしののまきたつ山に宿しめつ思ひしことぞかかるすまひは（北山樵客百首）

治承題百首詠は、建久九年の後京極殿自歌合にも撰入されたが、俊成の判詞は「左の「花の外さへ花」ならん「嶺の白雲」、たちまさりてや侍らん」と勝歌にはしているものの、「みよしのの」「まきたつ山の」を引用から外していることが注意される。「みよしののまきたつ山」は良経が寂蓮の詠に影響を受け、寂蓮詠を溯行した結果自詠に取り込んだのではないかと思われるが、「まきたつ山」単独の用例もあり（西洞隠士百首）、この語に対する興味が建久期に集中しているのは注意される。慈円は「みよしののまきたつ山」の用例は前掲一首のみで、おそらく良経の歌に応ずる形で詠んだものと思われるが、「まきたつ山」単独の用例は二例ある（拾玉集3183、4342）。後京極殿自歌合の俊成判詞がどの程度影響したかは測りがたいものの、寂蓮詠が秀歌であったこととともに、「まきたつ山」を吉野から解き放つ役割を果たした可能性はあるだろう。以後、管見の限り「みよしののまきたつ山」は、元久詩歌合（有家）、建保四年八月二二日歌合（行能）、光経集に各一首みられるのみである。(10)

以上、平安末期に吉野の個別の山々がどのように詠まれたかを一瞥した。注意されるのは、吉野という万葉の故地を詠むことが、万葉の歌語に格別の嗜好を示した堀河院歌壇期ではなく、それより半世紀ほど後に流行したらしいことである。さらに、それらの山々はその後も一定数の歌が読み続けられたわけではなく、ほぼ平安最末期に右の現象が終息に向かうことにも注意したい。時代的には、この流行は崇徳、二条両天皇時代から、平安最末期、歌人の範囲としては、歌林苑、六条家歌人の周辺に顕著である。おそらくこの頃、吉野の山々に対する関心の高まりがあり、意識的に詠まれたのではないかと推測する。奥義抄、和歌初学抄、五代集歌枕、和歌童蒙抄などの歌学書もこの時期、相次いで貴顕に献上するかたちで著される。それらは、貴顕の主催する歌壇の要求にある程度は即応したものであったろう。堀河院時代にも、新たな歌語への意欲に応ずる歌学書が書かれた。その全容はいまだ十分に解明されたとはいいがたいが、平安末期の歌学書は、それらより余程合理的、体系的である。体系的であるゆえに、たとえば五代集歌枕は吉野の山々を、よしの山、みづわけ山、みふねの山、きさ山、というように、実作に即して収録歌数に多寡はあるものの、とりあえずは網羅する、そのことがまた新たな詠作を促してゆく、というような状況にあったのではないだろうか。

前節でみた「たかきの山」に関する古今集本文の問題もまた、吉野の山々をめぐる和歌談義の中に含むことができるだろう。

三　みよしのの吉野の山

吉野の山々については、

①古今集317歌本文をめぐる論議

②歌学書登載記事が反映する、個別の山名への興味と実作への取り込み

という要因が交錯する状況にあったと思われる。このような中で、保延六年（一一四〇）、西行が出家する。西行が吉野山の桜にとりわけ執したこと、またその意味については先学の論考に尽くされている。(11)

本節の主旨に即して西行詠に注意したいのは、西行が吉野山以外の個別の山名をほとんど詠んでいないことである。西行はひたすら吉野の桜を詠むのであって、みふねの山の桜や、水分山の桜を詠むのではない(12)。出家前後の吉野詠が周囲に与えた影響は、個々の歌人の詠を総合的に検討することによってしか導き出しえないが、歌合でいえば永暦元年（一一六〇）清輔歌合の頃から花の吉野を詠む詠が増加している。そこで以下、俊成の歌合判詞を検討し、花の吉野がどのような評価を受け、かつ変遷していったかを考察することとしたい。

俊成は長期にわたる多量の判詞を残している。本節で問題にしている吉野に関しても、吉野川、六田など広義の吉野を詠んだ詠に加判する機会は多く、その数は一三〇を越える。時期的には仁安元年（一一六六）八月以前かとされる中宮亮重家家歌合から建仁三年（一二〇三）初冬加判かとされる千五百番歌合まで、四十年近くにわたる判詞が残される。歌合の性格上、詠出歌が歌題や場に左右されることは当然で、吉野がまったく詠まれない催しもある。さらに俊成の判詞のみに限定することで、当時の状況をどれほど正確に読み取りうるかという問題ももちろんあるが、すでに指導的地位を獲得しつつあったことや、吉野詠歌史を比較的長期にわたり知りうる立場にあったこと、さらに一で考察した古今集本文の問題との関わりもあり、彼の判詞を一つの手がかりとすることにも意味があろうかと考える。

俊成の吉野詠判詞の概要は、巻末付表に示したとおりである。約一三〇首の吉野詠は、以下のごとくに整理できるかと思う。

一、「たかきの山」「水分山」など、吉野の個別の地名を詠む歌は、比較的初期に多い。

二、素材的には「花」が圧倒的に多く、「霞」「雲」などを伴わない単独の詠が相当みられるとともに、後期には「月」などがあらたな素材として登場する。

前節でみたごとく、俊成は吉野の個別の山名を詠むことに積極的な評価を与えていない。したがって吉野を詠む際には総称的な「吉野山」に集約してゆこうとする意図があり、詠歌史もその意図に添って展開していったのではないか、との見通しをとりあえず示しておきたい。前引右大臣家歌合経家詠に対する「この高城の山も吉野の山にこそ侍れ、旅人などの常に過る事はいとなくや侍らむと覚え侍る」という判詞は、歌枕は実体験を伴わなくてもよいという観念が、実は逆説にすぎないことを示唆する。ことに吉野の場合、そこに西行の存在を対置したくなるのであるが、いったんはこれを留保し、個々の判詞を検討したいと思う。

吉野の花は雪や白雲に見立てられることが多く、花自体を詠んだ歌が登場する契機が西行にあることは、前引片桐氏の論に詳しい。俊成はことに花と雲の表現に拘りをみせている。そこには吉野に関する右の詠歌史が影響していると思われる。

みよしのの花さきぬらし去年もさぞ峰にはかけし八重の白雲

「みよしのの花さきぬらし」といへるほど、山あらまほしくやときこゆる。又上下の句のはじめに「みよしのの」「峰には」とおけるやいかが…　　（中宮亮重家家歌合　十四番右　俊恵）

判詞の要旨は「雲」とおいたら「山」がなくてはならぬ、という点にある。俊恵詠には四句に「峰」があるが、それでは初句と同音反復になるともいうから、初、二句に「山」をおくのが至当と考えていたと推される。ほぼ同じ意味の判詞は「みよしのの花は夜の間に咲きにけり峰に朝ゐる八重の白雲」（三井寺新羅社歌合　六番左　道禅）に対しても加えられている。(13)

さきそむる花の梢をながむれば雲になりゆくみよしのの山　（慈鎮和尚自歌合　客人三番左）

…左の「雲になりゆく」らん心もをかしくはべるを…

春はみなおなじ桜となりはてて雲こそなけれみよしのの山　（後京極殿自歌合　二番右）

…右の歌「雲こそなけれ」といへる心なほめづらしく侍るにや

みよしのは花の外さへ花なれや槙たつ山の峰の白雲　（同　十三番左）

…左の「花の外さへ花」ならん「峰の白雲」、たちまさりてや侍らん

いずれも花と雲が渾然一体となってわきがたい様を詠んでおり、判詞もそれをになう表現箇所を引いている。花を雲や雪に見立てるという知的な表現史をうけて、むしろ理を後退させたかにみえる表現を評価しているともいえよう。理にかわって期待されたものは、この場合、花への没入、乃至は執心であり、それをどのように歌うかという点に、評価の重点はおかれたように思われる。

吉野山峰の嵐の吹くままにむらぎえわたる花の白雪

「むらぎえわたる白雪」と「ただ一さかりこゆる浪」（右歌下句—稿者注）など、みゆばかりにて殊に花を思へる心はなきやうにや侍らむ　（別雷社歌合　十九番左　盛方）

春のうちは吉野の山の峰ならぬ心も花になりにけるかな

右「吉野の山の峰ならぬ」などをかしく侍るを、「心も花に」といへるや、あだなるさまの花心になれる

なむと聞こえ侍る。歌の心は、花よりほかの他事なくなむあるといへるなるべし。

（右大臣家歌合　花　四番右　重家）

盛方詠に対しては、「見る」行為ばかりが際だち、「思う」ことが表現されていないといい、重家詠に対しては、上句で我心を花咲く吉野山にたとえながら、表現の展開をになう四句の「心も花に」が、「あだなる」感情を呼び寄せていることを批判する。そのうえで重家の表現意図が「花よりほかの他事」ないことにあろうといたわり述べる。これらの判詞から、求心的に花への執心、あるいはあくがるる心を表現することが期待されていたとみてよい。

そのような俊成にとって、以下の歌は、執心の極限的表現と捉えられる歌であったと思われる。

吉野山なほしも奥に花咲かばまたあくがるる身とやなりなん

左の「なほしも奥に」といへる心殊にめづらしくも侍るにや。

（慈鎮和尚自歌合　四番左）

吉野山花のふるさとあとたえてむなしき枝に春風ぞ吹く

左歌「むなしき枝に春風ぞ吹く」と侍るこそ、吉野山などはふりにたることとおぼへ侍るものを、いづれの峰の奥にかやうの詞の花残りけむと、猶この道はつきすまじきことにこそ侍りけれと…ふるくも春の歌はたけなどは侍れど、かやうに身をせむるやうなる姿心はありがたく侍るものを…

（六百番歌合　三十番左　良経、後京極殿自歌合にも入る）

ちらばちれよしや吉野の山桜ふきまふ風はいふかひもなし

左歌「よしや吉野の山桜ふきまふ風はいふかひもなし」、すてざまに侍るにつけて、なほ艶に侍るはいかなることにか侍らん

（千五百番歌合　二一一番左　後鳥羽院）

慈円詠は花への執心によって「あくがるる身」が、花ある限り奥へ進み続ける様を描く。「奥」は「吉野の奥」という平安最末期から急速に用例の増加する歌句を意識したものであろう。(14)良経詠については「むなしき枝」を論じた久保田淳氏の分析がある。(15)花も散り、人も絶えた春の果ての吉野に立つ主体は、「むなしき枝」を吹く春風ばかりを感じている、それを判詞は「身をせむるやうなる姿心」と評する。深読みすれば、そこに若干の自虐の心と、それを甘やかに救う「春風」に、良経の若さを読み取っていたのかもしれない。後鳥羽院詠は、執心の果ての放擲を初句の同語反復と「よしやよし」に「吉野」を掛けた二句で、重層的に表現する。(16)執心の深さがまた放擲の激しさを招くという、恋歌に通ずる心の様は、「すてざまに侍るにつけて、なほ艶に侍るはいかなることにか侍らん」と評される。

俊成は、吉野の個別の山名を排し、総称的「吉野山」を花の山と限定し、その花へ求心的に向かう心を吉野の本意と定める意図を、早くから持っていたように思われる。その過程で、「たかきの山」「水分山」などの個別の山名は次第に詠作例が減少し、花の吉野が確たるテーマとなってゆく。しかしなお素材の拡大は終息したわけではない。

吉野山すずのかりねに霜さえて松風はげしふけぬこの夜は　　顕昭

とやまなる芝のあみどは風すぎて嵐よこぎる松の音かな　　寂蓮

判云、左「吉野山すずのかりねに」といへる、峰にすずをいほりともし、又枕ともこそ侍るべけれ、これはただすずをかりたるばかりにてうちしきてふしたるにや、また、「松風はげし」もきこえざるにや。右「とやまなる」とおける、わが山居のあみどとも不聞にや、「嵐よこぎる松の音」もきこえざるべし。両首ともにことごとしからんとは心ざしたれども、不聞にや…

（六百番歌合　寒松　十番）

吉野の篠は、俊成が指摘するごとく、「大峰通るらん山伏」（千五百番歌合　一九二番左　保季歌判詞）の境涯を詠むものである。詠歌史をたどれば、頼政、有房の用例が確認でき、頼政詠（「こよひたれすず吹く風を身にしめて吉野の嶽に月をみるらん」）は新古今に入集、有房は三首を残す。[17] この素材は顕昭ばかりでなく、良経、家隆などの新古今歌人も詠み、俊成加判の歌合でも、顕昭詠以外に二首みることができる。撰歌合（三二番右　忠良）では「すず吹きみだる」という歌句を「ことに優にしもきこえず」としており、一貫してこの素材に否定的である。六百番歌合で「両首ともにことごとしからんとは心ざしたれども、不聞にや」と総括した内実は、顕昭詠では「これはただすずをかりたるばかりにてうちしきてふしたる」であり、寂蓮詠では「わが山居のあみどとも不聞」である。対象から距離を置いての詠嘆にことごとしさのみ読み取ったことはあきらかであろう。こういった姿勢はたとえば、

すみなれてたれ我が宿とながむらん吉野の奥に有明の月

左深山ただおもひやるばかりなり。おなじくは我すみて見んやまさるべく侍らん

（撰歌合　三十番左　後鳥羽院）

にも通底する。一首のうちに対象へ求心的に向かう姿勢、ある境涯に全的に身を置くあり方、それを表現として成就させることを俊成は希求していたと思われる。

そういう自覚の形成に、西行の存在が影を落としていた可能性はあるだろう。仮にその可能性を追うならば、吉野こそは西行の出家前後の心を託して数多の歌が詠まれた場であった。西行の吉野歌群の影響はすでに俊恵、教長などに認められ、一種の流行現象的な力が働いていたことが推測される。その流れの中で俊成が汲み取ったのは、西行が身を捨てたことを歌にどのように結実させていったか、それを身を捨てぬままにいかに詠むか、ということではなかったか。

さて、くり返し述べるごとく、花の吉野の詠歌史は新しい。このことが、俊成の古典主義とどのように折り合っていったかも検討されねばならないだろう。

なべてならぬ四方の山辺の花はみな吉野よりこそ種はとり（ちりイ本）けめ　（御裳濯河歌合　四番左）

吉野山幾代へだてて桜花なほ白雲の色にみゆらん　（民部卿家歌合　十一番右　定家）

いにしへのよよの御幸もあとふりて花のなたかきみよしのの山　（民部卿家歌合　十六番右　資実）

…「よよの御幸もあとふりて」といへる心、殊に宜しく侍るにや

むかし誰かかる桜の花をうゑて吉野を春の山となしけん

「むかし誰」と侍るより「吉野を春の山」と侍る心もまことにをかしく侍るを

（後京極殿自歌合　十番左）

西行詠に対しては初句への批判を述べるのみ。定家詠に対しては「姿宜しからざるにあらず」とするのみで具体的評言はない。資実詠は、吉野宮行幸の昔をふまえ、その地が今は名高い花の山となっていることを詠むが、殊に二、三句を評価していることに注意しておきたい。この歌は続後撰集以下に入集し、配列的には「故郷花」に位置づけられている。(18) 良経詠は花月百首中の一首。吉野を春の山と規定し、その由縁たる桜を一体誰がいつ植えたのかといぶかる体で、花の吉野の始発をはるかな時の彼方へ置くのである。これらの歌は、詠歌史の浅い花の吉野を、遙かな昔に置く。殊に資実詠は吉野宮との連続性を意識させる点、俊成の意図にかなったものではなかったか。「吉野の宮」という歌句は、為忠家後度百首で詠まれたのが平安期の初例かと思われるが、花ではなく五節の舞姫を詠んでいる。(19)「吉野の宮」の「花」は、千五百番歌合の季経詠（「花ぞみる道のしば草ふみわけて吉野の宮の春の曙」）が初見かと思われる。季経詠を判じたのも俊成だが、初句と二、三句を批判して負歌にしている。二、三句に卑俗さを読み取ったかと推測されるが、この歌は新古今集に入集している（巻一97）。俊成の否定的評価を考慮したうえでなお、入集させる意味が認められたものと考える。

次に、修辞の面からこの問題を考えたい。吉野の花は白雲や雪に見立てられた。片桐氏が指摘されるごとく、詠歌史的には万葉に詠まれた白雲や雪が先行し、そこへ見立ての対象として花が付加されていった。その初めに位置するのが後撰集（巻二117　読人知らず）の

みよしのの吉野の山の桜花白雲とのみみえまがひつつ

であろうとされる。[20] 俊成加判の歌合に限定しても、吉野の花を詠んだ歌九一首のうち三五首は白雲あるいは雪と花を詠んでおり、上述の見立ては継続していたことあきらかである。

吉野山通はぬほどの道ならば雲とや花を思ひはてまし
左右ともに吉野山の風情「花のねにかへる」「雲にまがへる」、いづれも是非わきまへがたくして

（御室撰歌合　二番右　公継）

「花のねにかへる」は左歌の歌句をそのまま引用したものだが、「雲にまがへる」は公継歌の四、五句を釈したものであることははっきりしている。修辞的には前引後撰集歌とほとんど差違はないといってよい。

春はみなおなじ桜となりはてて雲こそなけれみ吉野の山
右の歌「雲こそなけれ」といへる心、なほめづらしく侍るにや。

（後京極殿自歌合　十番右）

「雲こそなけれ」は、秋の月ととりあわせられることの多い歌句である。二、三句から花と雲の見立てを前提として、雲と花を一体化させたうえで「雲こそなけれ」と詠む。俊成はこの点を捉えて「心めづらし」と評したの

であろう。その意味で注目したいのは、正治初度百首で俊成自身が詠んだ以下の詠である。

名に高き吉野の山の春（花イ本）よりや雲に桜をまがへそめけむ

雲に桜をまがえるという見立ての成立が吉野の春にあるという、三代集以来の詠歌史を逆転させる歌い方は、花の吉野を始原に位置づける意図を、表現として試みたものとみたい。西行が、吉野の花がすべての花の根源となっていると歌ったのに対し、それを修辞の場から歌ったのが俊成であったとすれば、西行吉野歌群の衝撃を、俊成は方法論において支えたといってよいのではないか。

では、前引正治百首歌に至るまでに、俊成自身はどのような吉野詠を残しているであろうか。管見の限り、俊成が詠んだ吉野は為忠家後度百首（一一三三〜一一三六）中の一首が確認できるもっとも古いものである。

岩橋をわたしはてよな葛城や吉野のかひの花も折るべく（橋下桜）

すでに吉野の桜を詠んではいるが、趣向は役行者の故事を詠み込むことにあったようだ。以後吉野は西行の出家より十年余りを経た久安百首で二首、俊成家十首で二首、右大臣家百首で三首詠まれる。詠まれた地名は、吉野（の）山五首、みよしの一首、みよしののみかきが原一首、テーマは霞二首、花三首、雪二首である。俊成の詠作中には、たとえば「みふねの山」の郭公とか、「水分山」の桜はみえない。

同時代に依然として、桜に限定しても、「たかきの山」「水分山」「きさ山」の桜が詠まれていた事実をみるならば、俊成は早い段階で、吉野山の桜をひとつの本意と定めていたと推測される。その意味で注目したいのは建久九年（一一九八）詠進されたかといわれる御室五十首である。同五十首は、顕昭など六条家歌人と昵懇であった守覚法親王の主催したもの。長老的位置にあって撰歌合の判者を務めはしたが、俊成にとっては他流試合的な性格をもった催しであったと思われる。五十首は春秋十二首、夏冬七首、雑十二首という構成であった。俊成の春十二首は五首までが吉野詠である。限定された歌数の中で、五首までに特定の地名を詠むこと自体異例とはいえないだろうか。(21) そこに、吉野の桜、吉野の春に執する姿勢がみえるのである。

春はまづ霞たちぬるけしきより吉野の花はみえけるものを（253）
またもこん秋のたのむの雁もかへるはをしきみ吉野の春（256）
吉野山花のさかりやけふならむ空さへにほふ峰の白雲（257）
春の雪に吉野の山はうづもれてふもとぞ花のかぜかをりける（258）
あはれなり吉野の山の桜こそうき身の春にあふにはありけれ（259）

若干の読解を試みる。253歌は、霞が立つとまず吉野の花が見える、という。桜を幻視しているのである。「霞たちぬる」は意外に用例の少ない句で、「吉野山霞たちぬる今日よりやあしたの原に若菜つむらん」（元真集74、続後拾遺20）を参考にしているかと思われるが、元真詠は今日、明日という詞の技巧的な使用に眼目がある。西行の

雲にまがふ花のさかりを思はせてかつがつ霞むみ吉野の山（宮河歌合　五番左）

に対し、定家は「花よりさきに花をおもへる」と評したが、253詠はさらにこれを先鋭化している。「けしきより」という句は、公衡の「別れにしその夜の空のけしきよりうきはけふまで思ひしりにき」（月詣959）が初出かと思われるが、この場合は単に時間の推移を表現するにすぎない。253詠では、眼前に展開する景色の奥にその果てを幻視しているわけだが、そこにおかれた「ものを」は、予測される相への希求を語る詠嘆的措辞とみてよいだろう。そこには、霞が立つや花を予測して傾斜する心が託されている。おそらくこれを受けて、正治百首あたりに「けしきより」という句が集中的に使用される。

春雨に草たつ庭のけしきよりおぼゆるものを秋の夕暮れ（正治初度百首　生蓮）
秋はくるまだしののめのけしきより夕の空もみえけるものを（千五百番歌合　家隆）

256歌は、伊勢物語の世界を揺曳させつつ、春を見捨てて帰る雁さえも吉野の春を惜しむ、というのである。「み吉野の春」は花月百首で定家が用いたのが初例か。256歌から259歌までは一続きであり、春の盛りを詠んだものであろう。その中心に257歌がある。258歌は吉野の雪という伝統的テーマを時ならぬ春の雪に変容させる。その雪の下には桜色の山裾が広がる。259歌は少しく難解である。「うき身の春」は前例のない句だが、沈淪を歌うことの多いこの歌人であるから、つらい生を生きる主体が、吉野の桜に邂逅した感動を詠んだものとの理解が妥当のようにも思われる。しかし、文脈に従えば、吉野山の桜を主語ともとりうるのである。右大臣家歌合における隆信

の詠、

世をいとふすみかときけど春にあふ花も咲きけりみ吉野の山

があることを考慮すれば、259歌は、吉野の桜を擬人化し、つらい生を僥倖のように訪れる幸福を、花咲く春に比定したものとも解しうるだろう。そのように解するならば、雪深き吉野、春遅き地、世を厭う隠れ家、という吉野の詠歌史を内包しての「うき身」であったはずである。さきの隆信詠に対し判者であった俊成は、「み吉野の山を世をいとふ住家とばかりは聞きおきて、春花咲く所と知ることのおそかりけるにや、とぞ聞き侍る」と評している。

花の吉野は上述のごとく、決して三代集時代から定まったテーマではなかった。その契機が、実人生の重さをもって花の吉野への執心を歌い続けた西行にあったとしても、それだけで十分とはいえないであろう。むしろ西行のそのような身の置き方への共感があればこそ、これを本意に定着しようとする意志が、俊成にあったのではないか。

御室五十首は知られるごとくおそらく六条家の顕昭、季経あたりによって、撰歌合として結番された。そこに俊成の吉野詠は一首も入っていない。一に述べたごとく、崇徳院本古今集の本文であるゆえをもって「みよしのたかきの山」に拘泥したのは六条家周辺の歌人であったし、これを詠み続けたのは反御子左派の歌人であった。二で検討した吉野の個別の山名も、同様である。こういった状況を考慮すると、春歌十二首に吉野詠五首を詠むことには何らかの意図があったと解すべきではないか。その意図は、吉野の花を、「吉野山」あるいは「みよしの」に限定することによって、その本意を先鋭、徹底化させるところにあったと推測される。詞の多様性を否定することによって本意の深化を図るという方法は、本説にかかわって俊成が示した姿勢ときわめて類似するものがある。(22) 素材や詞の拡大に対して、俊成は慎重である。それに対しての一律的な提言らしいものは、彼が表現をかえてくり返し主張するように、和歌にとってよいものは詠み、よくないものは詠んではならない、ということに尽きている。俊成は吉野の花という新たな素材を認めたゆえに、始源的なテーマに位置づける必要性を感じていたのではなかったか。そしてその方法は、まず詞を整序し、詠歌史に確かに位置づけるべき表現者としての工夫に、端的に表れたのではなかったかと考える。

注

（1）同氏『歌枕歌ことば辞典』（角川書店、昭58）「吉野山」の項。「歌枕・吉野」（『古典文学に見る吉野』和泉書院、平8）

（2）第二章第三節参照。

（3）たとえば清輔本古今集保元二年本の勘物には「在家持集又萬葉云／ゆふされはこ／ろもてさむしたかまつの山／のきことにゆ／きそふるらし／普通はたかき／のやま」とある。清輔本は小野皇太后宮御本（通宗本）を底本とし、新院御本で校合している。本文四句の「ふ《タ》かきの山」は、両本の相違を示すと考えられる。勘物にいう「普通はたかきのやま」は、「六条藤家で通常用いていた本」（河上新一郎氏『六条藤家歌学の研究』）には「たかきのやま」とあったことを示していると考えられる。他の清輔本諸本も二種の本文より出ない。

（4）信広詠につき、山崎桂子氏は「雪の積もった深山の景色を詠んだものと思われるが、歌意は不明である」とされる（同氏『正治百首の研究』第四章第六節、勉誠出版、平12）。

（5）「所謂讃岐院当帝之昔、法性寺入道以下、公卿侍臣男女之歌仙、各演其秘説…」『諸雑記』。

（6）鳥井千佳子氏「清輔本古今集の性格」（『和歌文学研究』49、昭59・9）

（7）Bの「旅人は」詠は、歌合証本（刈谷図書館本）には作者名「大弐入道」とあり重家詠のごとくであるが、書陵部本、神宮文庫本、内閣本は作者名を欠く。また、経家集には「同家歌合に」として「旅人ははれまなしとや思ふらんたかきの山の雪のしづくを」詠をおさめる。

（8）「袖振山」については、鈴木元氏「五節の舞と袖ふる山」（『室町の歌学と連歌』第一章、新典社、平9）に詳しい。

（9）加藤睦氏「藤原清輔研究ノート―三井寺新羅社歌合における代作歌をめぐって―」（『解釈』34-5、昭63・5）

（10）川村晃生氏「槙立つ山」（『銀杏鳥歌』13、平6・12）。氏の論旨は新古今歌人達は「槙立つ山」を単なる普通名詞ではなく、「吉野」と関わって詠んでいるという点にある。但し、御抄のことわるごとく、右の意識は限定的で、以後の「槙立つ山」の用例が大勢として「吉野」と関わると確定することは困難であるように思う。

（11）西行以前に吉野の花を主題とする詠を詠んだ歌人に、大江匡房がいる。匡房は伝統的な霞詠、雪詠も多いが、それらを詠んでゆく中で、吉野の花に主題性を発見していったのではないかと思われる。歌数はわずかだが、以下の詠が注意される（歌番号は江帥集による）。

けさみれば白雲かかる吉野山これこそ花のさかりなりけれ（390）
桜咲く吉野の山のあけぼのを白雲のみと思ひけるかな（399）
あくがるる心のままに吉野山尾上の花をけさみつるかな（435）

399詠は、後撰集の「みよしのの吉野の山の桜花白雲とのみみえまがひつつ」に拠りつつ、これを逆転させているし、435歌ではすでに白雲、霞といった見立てを構成する詞はなく、桜そのものに焦点があてられ、これに「あくがるる心」と詠むなど、西行の先駆的性格を示しているのではないかと思われる。

（12）西行の詠んだ地名については、臼田昭吾氏「西行の花と月の歌」（『論集西行』〈笠間書院、平2〉所収）参照。

（13）正治二年石清水社歌合で「みよしののはれぬや春の色ならん霞のひまも花の白雲」（源光行）に対して、判者であった通親は「右みよしのばかりにて、山もなくて花を雲などにまがへん事いかが。吉野山など侍らましかば難なくや…」と述べており、俊成判の影響かと思われる。

(14)「吉野の奥」の早い用例は、西行に二首（「山人よ吉野の奥のしるべせよ花もたづねんまた思ひあり」「滝おつる吉野の奥の宮川の昔をみけんあとしたはばや」）、俊成に久安百首での一首（「世をすてて吉野の奥にすむべきを猶たのまるる春日山かな」）がある。なお「奥」については、寺島恒世氏「歌語「奥」考」（『国語国文』56‐10、昭62・10『秘儀としての和歌―行為と場―』〈有精堂、平7〉に再録）に詳しい。

(15) 当該歌に関しては、久保田淳氏（『新古今歌人の研究』第三編第二章〈東京大学出版会、昭48〉）、佐藤恒雄氏（「新古今表現成立の一様相―「むなしき枝に」「露もまだひぬ」をめぐって―」『峯村文人先生退官記念論集　和歌と中世文学』〈東京教育大学中世文学談話会、昭52〉所収）に考察がある。また加藤睦氏は良経歌が「あとたえて」「むなしき枝」などの冬の用語によって春歌を詠むことに、「齟齬の感覚」があることを指摘される（同氏「藤原良経「六百番歌合百首」覚書」『立教大学日本文学』83、平12・1）。

(16)「ちらばちれ」の初例は久安百首俊成詠の「散らば散れ岩瀬の森の木枯らしにつたへやせまし思ふ言の葉」。

(17) 吉野に「すず」を詠んだ平安末期の例は以下のごとくである。

有房　春ごとに吉野の山の花ゆゑにわけなれにけりすずのしの原
　　鹿のねをすず吹く風にはこばせてわがものにするみ吉野の里
　　みよしののきさ山かげのすずのいほに雪のうはぶき今朝ぞしてける
良経　今宵たれすずのしのやに夢さめて吉野の月に袖ぬらすらん（花月百首、玄玉113）
家隆　嵐吹くすずの下草うらがれて吉野の山に時雨ふるなり（正治初度百首1457）
　　吉野山すずのしののめ吹きあらし苔の枕に春ぞおぼめく
　　吉野山秋風たちぬいかばかりすずのしのやの涼しかるらん

(18) 資実詠の続後撰集、万代集における配列は以下のごとくである。

100故郷花といふことを（如願）　101おなじ心を（成茂）　102当詠
259故郷花（成範）　260当詠　261（俊成「名に高き」詠）　262山花似雲（兼宗、吉野詠）

（19）「雲の上にいつたびふりし袖をみて吉野の宮のことをしぞ思ふ」（五節、為経）
「いりひさす吉野の宮の琴のねに袖ふりそめしあまつ乙女子」（同、頼政）

（20）なお片桐氏は古今仮名序に「春の朝、吉野の山の桜は、人麿が心には雲かとのみなむおぼえける」の一節があることから、仮名序以前に吉野の桜を雲に見立てた歌のあったことを指摘される（但し該当歌はみえない）。

（21）御室五十首で詠まれた吉野は、全八五〇首のうち二三首（うち、春十六首、冬四首、雑三首）、歌人別には、俊成六首、兼宗、季経三首、公継、覚延二首、隆房、賢清、隆信、有家、定家、禅性、寂蓮一首である。

（22）第一章第一節参照。

補記　小論公刊後、浅田徹氏が私信をもって、俊成本系古今集の扱いについての小論の混乱を指摘された。氏の指摘に基づき、混乱を訂するべく一部本文を改めたことをお断りしておく。

〈俊成判吉野関係和歌一覧〉

中宮亮重家歌合（仁安元年八月二七日以前）

①歌題	②番数・勝負付	③地名	④素材	⑤作者
花	四番右　持	吉野山	桜	右京大夫
同	七番左　持	吉野山	花・滝	公重
同	十二番右　持	みふねの山	桜・浪	生西
同	十四番左　負	吉野山	花・雪	心覚
同	十四番右　勝	み吉野	花・雲	俊恵

三井寺新羅社歌合（承安三年八月十五日）

①	②	③	④	⑤
遥見山花	一番左　勝	吉野山	花・雲	中納言君
〃	一番右　負	み吉野の水分山	花・浪	少輔君
〃	四番右　持	吉野山	花・雲	智暹
〃	六番左　負	み吉野・峯	花・雲	道禅
故郷郭公	一番右　持	みかきが原	郭公	少輔君

別雷社歌合（治承二年三月十五日）

①	②	③	④	⑤
霞	八番左　持	み吉野	雪・霞	実守

〃	十六番右　持	袖振山	霞	親宗
〃	十七番右　勝	吉野山	雪・霞	経正
〃	十八番右　持	吉野山・滝	雪・霞	寂蓮
〃	二一番左　持	みふね山・滝	霞	公時
〃	二五番左　持	妹背の山	霞	兼綱
花	六番左　持	み吉野の山	花・風	雅頼
〃	七番右　勝	吉野山	桜・雲	師光
〃	八番右　持	吉野山	花・月	大輔
〃	九番右　持	吉野山	花	成仲
〃	十番左　負	吉野山	桜・雲	経盛
〃	十五番右　負	み吉野のみふねの山	桜	道因
〃	十九番左　持	吉野山	花・雪	盛方
〃	二十番左　持	み吉野のたかきの山	花・雲	隆信
〃	二三番左　勝	吉野の山	花	成家

右大臣家歌合（治承三年十月十八日）

①	②	③	④	⑤
花	四番右　持	吉野の山	花	重家
〃	五番左　持	み吉野の山	花	隆信
〃	六番左　勝	吉野の奥	花	寂蓮
雪	十七番右　負	高城の山	雪	重家？

御裳濯河歌合（文治三年）

①	②	③	④	⑤
	四番左　持	吉野	花	
	九番左　持	吉野山	花	
	十番左　勝	吉野山	花	
	二六番左　持	吉野の奥		
	三二番左　持	吉野の山	花・雲	

六百番歌合（建久四、五年）

①	②	③	④	⑤
残春	三十番左　持	吉野山	花・風	良経
霙	十九番左　勝	吉野の山	霙・雪	良経
寒松	十番左　勝	吉野山	霜・風・篠	顕昭
寄山恋	二番左　負	吉野の奥		有家
〃	二番右　勝	吉野の奥		家隆
〃	四番右　勝	吉野山		慈円
〃	六番右　持	吉野の山の奥		寂蓮
寄河恋	十八番左　持	吉野川		良経

民部卿家歌合（建久六年一月二十日）

①	②	③	④	⑤
山花	二番右　負	吉野山	花	生蓮
〃	三番右　勝	み吉野の山	花・風・雲	中宮讃岐
〃	六番右　負	吉野の奥	花	成家
〃	七番左　勝	吉野山	花・風・雲	季能
〃	九番左　持	み吉野のたかきの山	花	経家
〃	十番左　勝	吉野の奥	花	顕家
〃	十一番右　持	吉野山	桜花・雲	定家
〃	十四番左　負	み吉野の山	花・霞	有家
〃	十四番右　勝	吉野山	花・風	家隆
〃	十五番左　勝	吉野山	桜・雲	定宗
〃	十五番右　負	吉野の山	桜花	有経
〃	十六番左　負	吉野の山	花	宗隆
〃	十六番右　勝	み吉野の山	花	資実
〃	十八番右　勝	青根が峯	桜・雲	実宣
〃	十九番左　負	吉野山	花・雪	長俊
〃	二十番左　負	吉野山	花・雲	重政
〃	二十番右　勝	吉野山	花	光行
〃	二二番左　勝	吉野山	桜・花	範玄
深雪	十三番左　勝	み吉野の山	雪	定経
〃	二二番右　勝	み吉野の里	雪	隆信

慈鎮和尚自歌合（建久末年）

①	②	③	④	⑤
立春	三番右　負	吉野山	桜・風	
花	四番左　勝	吉野山	花	
花	三番左　負	み吉野の山	花・雲	
花	三番右　勝	吉野山	花・滝	
花	四番左　勝	吉野の山	花	

後京極殿自歌合（建久九年五月二日）

①	②	③	④	⑤
立春	一番右　持	み吉野・山	雪・霞	
（花）	十番左	吉野・春の山	桜の花	
〃	十番右	み吉野の山	桜・雲	
〃	十三番左　勝	み吉野・山	花・雲	
残春	十六番左　負	吉野山	花・風	
霙	四九番右　負	吉野の山	霙・雪	
歳暮	五六番右　勝	み吉野の山	花・雪・雲	
寄河恋	六八番左　勝	吉野川		
雑	八五番左　負	吉野の奥		

御室撰歌合（正治、建仁初期）

①	②	③	④	⑤
（春）	二番左　負	吉野山	花・雲	隆房
〃	二番右　勝	吉野山	花・雲	公継
〃	三番左　勝	吉野の奥	花	兼宗
〃	十番左　勝	み吉野の奥	花	覚延
（冬）	四三番左　勝	妹背山・吉野川	氷	季経

新宮撰歌合（建仁元年三月二九日）

①	②	③	④	⑤
霞隔遠樹	二番右　持	六田の淀	霞・柳	公経
雪似白雲	四番右　持	み吉野の山	霞・雲	慈円
〃	二四番左　負	み吉野の吉野の奥	雪・雲	俊成
〃	二五番左　負	み吉野の山	雪・雲	季保
〃	二七番右　負	吉野の山	雪・雲・花	定家

撰歌合（建仁元年八月一五日）

①	②	③	④	⑤
深山暁月	三十番左　負	吉野の奥	月	後鳥羽院
〃	三十番右　勝	吉野山	月	慈円
〃	三二番右　持	吉野山	風・月・篠	忠良
〃	三三番左　持	吉野	月	俊成卿女

〃	三四番左　勝	み吉野	花・月	有家
河月似氷	四六番右　勝	吉野川	月	慈円
〃	四七番左　勝	吉野川	月・風	越前

千五百番歌合（建仁三年頃）

①	②	③	④	⑤
(春)	一五一番左　勝	み吉野の吉野の山	花・雲	後鳥羽院
〃	一五五番左　勝	み吉野	桜	公経
〃	一五六番右　勝	み吉野の山	桜花・雨	三宮
〃	一五九番右　持	吉野山	花・雲	兼宗
〃	一六九番左　勝	み吉野の山	花	公継
〃	一七三番左　勝	み吉野の山	花・雪	讃岐
〃	一七五番右　持	吉野の山		俊成
〃	一七九番左　持	吉野山	花	具親
〃	一七九番右　持	吉野	花・霞・雲	定家
〃	一八三番右　負	み吉野の吉野	花・風	家長
〃	一八四番右　勝	吉野山	桜	三宮
〃	一八五番左　負	み吉野の山	花・桜・雲	公経
〃	一八六番左　負	吉野の宮	花	季能
〃	一八六番右　勝	み吉野の滝	花・雲・浪	忠良
〃	一八八番左　持	み吉野	桜	讃岐
〃	一九二番左　負	吉野山	花・風・篠	保季
〃	一九二番右　勝	み吉野のさ山	風・雲	越前

〃	一九三番左	持	吉野山	花・霞・雲	良平
〃	一九四番左	負	吉野の奥	花・月・雲	具親
〃	一九六番左	勝	吉野山	花・雲・風	後鳥羽院
〃	二百番右	負	み吉野	花・月	忠良
〃	二百九番右	勝	み吉野の山	桜・霞・雲	家隆
〃	二百一番左	勝	吉野	桜・風	後鳥羽院
〃	二二二番左	勝	吉野の滝	花・嵐	保季
〃	二二三番左	負	み吉野の山	花	良平
〃	二二八番右	勝	吉野川	桜・山颪	忠良
〃	二三二番右	負	み吉野の野辺	桜・風・雲	俊成卿女
〃	二三三番右	持	吉野山	花・雲	丹後
〃	二三四番右	勝	吉野山	風・雲・浪	越前
〃	二三六番左	勝	吉野山	花・雲	有家
〃	二三八番右	負	み吉野	花・雁	雅経
〃	二五六番左	勝	吉野山	花・月・雪	後鳥羽院
〃	二五七番右	負	吉野川	山吹	兼宗
〃	二六十番左	持	み吉野の里	雁	公経
〃	二六十番右	持	吉野川	花・風・浪	俊成卿女
〃	二七一番左	勝	み吉野	花・月・風・雲	後鳥羽院
〃	二七四番右	負	吉野の奥	花・青葉・風	俊成卿女
〃	二七七番右	負	吉野川	花・浪	定家
〃	二九三番右	持	み吉野の大川野辺	藤	家隆

第二章　教長研究

1　貧道集について

はじめに

安元（一一七五〜一一七七）から治承（一一七七〜一一八一）にかけて、長秋詠藻、林葉集などの家集が相次いで成立した。長秋詠藻は仁和寺守覚法親王の要請によって成立したことがはっきりしているが（二類本奥書）、松野陽一氏は俊成以外の歌人にもこうした要請がなされ、教長の貧道集も守覚の求めに応じるかたちで成立した家集のひとつであろうとの見方を示された（同氏『鳥帚』Ⅳ）。教長と守覚の関係は、治承元年に古今集を講じるなど、密接なものがあったし、仁和寺との関係は覚性法親王時代から継続していたものであり、覚性没後も、崇徳院の遺児元性法印との繋がりは密であったと思われる。

教長が崇徳院の近臣であり、かつ頼長とも親しく、ために保元の乱の結果七年の長きにわたって常陸配流の憂き目にあったことはよく知られた事実だが、崇徳院歌壇の主要なメンバーであり、常陸より帰京後も、覚性の仁和寺歌壇、あるいは歌林苑といった場で詠歌を続けた。しかし、崇徳院歌壇は近臣を中心とする小規模なものでありその全容はいまだ完全には判明していない。また、歌林苑との関係についても、資料は断片的で、教長がどの程度関与していたのかは判然としない部分がある。たとえば、歌林苑の様子を伝える長明の無名抄には、教長の名はまったく見えない。

教長は、時期的には俊成と同時代を生き、彼の歌会にも参加するなど、新風を模索する俊成の有様を見聞する立場にあったはずである。当時一線の歌人との評価は得ていただろうが、後年の評価はそれほど高くない。それは彼の詠が旧派に属するとして相対化されたためではないかとの見通しをとりあえずは示しておきたいのであるが、問題は、平安最末期には教長のごとき歌人がきわめて多くいたということである。教長の歌の質はどのようなものであったか、そのことを最終的な課題として、まず貧道集の考察を進めたい。

一　貧道集の成立と本文上の問題

貧道集の成立について松野氏は、

原型は教長最晩年の治承頃の自撰家集と推測される。ただし、治承二年三月の別雷社歌合などの歌も入集するものの、崇徳院を「讃岐院」と表記するなど、骨格になった草稿は安元末年頃までにはなっていたと考えられ

（『私家集大成』II解題）

とされた。首肯すべき意見である。

貧道集の伝本は現在十種たらずが確認されているが、諸本間に系統を異にするほどの相違は認められず、「散在する欠脱は諸本によっても補うことができない」（松野氏前掲書）状況である。こまかな語句の相違以外に、構成に関わる欠脱としては以下の箇所をあげることができる。

①　始聞鶯と云を題にて
古巣をば春とともにや立ちつらむけさ鶯のうひに鳴くなる（44）
同題の心またよめる
鶯の声には色もみえねども今日ききそむる心にぞしむ（45）
いとはやも谷の鶯き鳴くなりいづくもこれや初音なるらむ（46）
春雨のやよひの月のはつるまでふりせぬものは鶯の声（47）

44から46までは「始聞鶯」という題意にかなっているが、47は三月尽の頃の鶯を詠んでおり、47の前に少なくも歌題がひとつあったとみなければならない。

②　老人採若菜
いくとせに若菜つみつつなりぬらむ頭につもる雪もさながら（60）
同じ心を
冬枯し春日の野辺のしたもえにわかなつむべきほどはきにけり（61）

①と同様、61歌は「老人採若菜」の題意にかなわないから、ここは少なくも歌題と歌が一組は脱落しているとみなければならない。
歌集によっては、歌題もふくめて、詞書が和歌と相応しないこともあるが、貧道集は高崎由理氏がいわれるご

とく、基本的には「非常に緊密な構成をもつ部類家集」であり（同氏「藤原教長年譜」『立教大学日本文学』56、昭61・7）、歌題に関しても十分な注意が払われている。したがって上掲の混乱は、貧道集伝来の過程で生じた可能性が高いとひとまず考えておきたい。

③　東山辺にて同題（歳暮）を
年くれて流るる水とはやけれどおもてに波はとまるなりけり（632）
　俊成卿十首歌、除夜をよめる
632と同一歌（637）

これは同一歌の重出である。

またすでに指摘されたごとく（丹鶴叢書本、類従本書入、高崎氏前掲論文）、

④8歌は散木奇歌集5の俊頼歌である。
⑤863歌は「千観法師」の詠として続後拾遺集に入る。
⑥884歌は「崇徳院」の詠として玉葉集に入る。

という問題がある。⑤⑥は確認すべき資料がない。④は、関根慶子氏のいわれるごとく、貧道集の誤入とみて

よいだろう。ただし散木奇歌集の間宮本には貧道集歌との一致について「暗合」の書入がある由である（同氏『散木奇歌集　集注篇』上巻）。教長は俊頼詠を参考にした歌を多数詠んでおり、なかには四句までが一致するというような場合もあるので、間宮本の指摘はかならずしも一蹴すべきものでもないのである。

さて、家集の形態という面からみると、松野氏が概観されたごとく、貧道集は部立歌集の一般化した時期に位置するものであり、かつ、長秋詠藻のごとく、百首歌の部を集中に別立するという方法はとらない。この方法は、表現形式としての百首歌というものを尊重した結果案出されたものとみてよい。貧道集は三種の百首歌を抄出したうえで入れるのではなく、その全てを入れながら、あえてこれを部立の中に解体しているのである。このことは、「百首歌としてまとまった創作意図」（松野氏）を生かせないという問題とともに、解体後これをどのような配列原理のもとにおさめたのかという問題をもはらんでいるのである。

二　三種の百首歌

三種の百首歌は、初度百首（保延五年五月五、六日以降、永治元年十二月七日以前。松野氏『藤原俊成の研究』）、久安百首、句題百首である。このうち、久安百首は百首すべてを特定することができる。句題百首は、歌題末に「句題百首」と添えるものが類従本で九七首、丹鶴叢書本で九六首ある。（1）両本とも注記を欠くが句題百首と歌題が一致する歌がそれぞれある（128春棲占花、156朝見帰雁、253独聞水鶏、761疑後恋。なお、句題百首については、村上さやか氏「崇徳院句題百首考」〈『和歌文学研究』67、平6・1〉参照）。初度百首はおおむね「讃岐院位の御時百首に…を」という形式の詞書を有することと、久安百首の注記に「初度者題同堀川百首同之」とあるごとく、堀河題であったことが目安となる。ただし、48鶯、69梅、83蕨、220、224郭公の四題については疑問があるので、これを示しておく。

まず48歌だが、この歌は、続詞花集（17）、今撰集（7）、治承三十六人歌合（31）に入るが、その詞書はそれぞれ以下のごとくである。

山里なるころみやこの人、鶯いかに鳴くらむなどいひて侍りければ（続詞花集）

春の日、山里に侍りけるに、都よりいかに鶯鳴くらむと申して侍りける返事に（今撰集）

山里に住み侍りけるころ、都の人、鶯はいかに鳴くらむといひければ（治承三十六人歌合）

三種の撰集がほぼ同様の詞書であり、教長の記憶違いか、あるいは家集編纂の過程で混乱が生じた可能性が高いように思われる（後掲〈表一〉においても、この歌は歌群のはじめに位置しないという問題がある）。「梅」歌群の詞書の中には初度百首であることを示すものはない。「梅」歌群の中で、初度百首詠ではないかと思われるのは「同院御時歌めししに」の詞書を有する69歌であるが確証はない（なお、松野氏はこの歌を、長承元年十二月二三日内裏十五首歌会の詠とされる）。「蕨」題の歌は集中一首しかないが、詞書は「讃岐院位の御時わらびをよめる」で、百首歌とは明記されていない。逆に「郭公」歌群には詞書から初度百首詠と理解される歌が二首みえる。それぞれの詞書は「讃岐院の位におはしましし時、百首の歌たてまつりしに、郭公をよめる」（220）、「さぬきの院位の御時の百首のなかに」（224）である。二首の和歌はいずれも貧道集以外にはみえず、詞書の誤りか、あるいは二首詠んだものをそのまま入れたものか判然としない。初度百首は堀河題であるから、「梅」「蕨」を欠くことは考えられない。あるいはこの二首を集に入れなかったことも考えられるが、久安百首に関してもその旨を明記しない場合がある（68、229）こと、後述のごとく、貧道集における初度百首の重要性を考慮すると、さきの「梅」「蕨」二首に関しては初度百首詠とみなしてよいのではないかと考える。

三　配列について

以上三種の百首歌を特定したうえで配列に目を転じると、四季・恋・雑部の始にはすべて初度百首がおかれる。さらに詳細にみると、四季部では、各季の始もすべて初度百首詠がおかれる。題を手がかりに集の構成をさぐれば、後掲〈表一〉のとおりである（歌題は、基本的に貧道集の詞書に使用されるものを掲出した）。

〈表一〉にみるごとく、初度百首は各部の冒頭に位置するのみならず、各歌群の冒頭におかれることが圧倒的に多いことがわかる。むろん初度百首は堀河題であるから、たとえば「旧年立春」「桃」などは詠まれていない。また、歌数が多く、時間的推移が配列に考慮されねばならないような場合は、初度百首が絶対的に冒頭に位置するわけではない。しかし基本的に初度百首詠が配列の原則を担っていることは認めてよいのではないか。また、残る二つの百首についても、他の歌会詠などに比較すると配列に関わる比重は重いが、久安百首などは一括して並べられる場合があり（「桜」「月」「雪」歌群など）、初度百首の優位性は動かないと思う。そのことと同時に注意されるのは、四季部の配列順は初度百首のそれを一箇所も乱していないことである。たとえば「躑躅」題は初度百首になく、句題百首久安百首の歌がおかれるが、それは「杜若」歌群と「藤」歌群の間に挿入された形になっていて、初度百首の配列を変更させる結果にはなっていない。もともと四季、恋などのおおまかな題を与えられて詠んだ久安百首による配列は困難にしても、堀河題に永久百首題、為忠家初度百首題を加味したといわれる句題百首による配列も不可能ではなかったはずだが、両百首はあくまで初度百首を補う形で配されていると思われる。

久安百首は初度百首より大体十年後に詠出されたとみてよいが、のち俊成によって部類された。久安百首にはこまかい歌題が与えられていないので、たとえば春二十首をみても、歌人によって異なったテーマを詠んでいる。そこに、個々の歌人の無意識の配列意識が機能しているわけだが、教長詠の配列は以下のとおりである。

立春・解氷・鶯・霞・子日・若菜・梅・柳・桜・岩躑躅・暮春

また、教長は「藤」を夏部に入れている。これは俊成の部類によって前半が

立春・解氷（早春）・霞（早春）・子日・若菜・鶯

の順に変えられた。さらに家集では

立春・解氷（早春）・子日・霞・若菜・鶯

と変わっている。このことは、久安百首詠詠出時の配列意識が、家集の配列とは若干異なっていること、家集編纂時に、それを初度百首の配列、すなわち堀河百首題の配列に変えていったことを語っていよう。

恋部における初度百首は、冒頭に「初恋」詠をおき、以下初度百首の順を乱さずに配列されるものの、全体か

らみると恋部の前半に集中しており、以下久安百首の二十首が一括して並ぶ。句題百首詠は結題歌は全体に配されるが、寄物題の十首はこれまた一括しておかれる。すなわち恋部では、三種の百首は配列の基本を形成していない。このことは複雑な結題が特に恋部に集中していることと無関係ではないであろう。堀河百首題に比較すると、平安最末期の結題は急速に複雑化している。また、風情集等のごとく、家集の末尾に百首歌を一括して置くという方法が教長の意識に内在しており、それにひきずられた結果ともいえる。とすれば、貧道集の配列は一律的に徹底しているわけではない。

雑部は、祝、別、羈旅、神祇、釈教の順にかなりまとまった歌数を配列し、以下星、風と小歌群が続くが、貧道集の特色は星以下の配列にみえるように思う（後掲〈表二〉参照）。雑部冒頭に祝歌をおくことは、同時代の清輔、俊恵、頼政、覚性、頼輔等の集にも共通している。また、釈教歌が五十首近くまとまって並ぶことは高崎氏も貧道集の特色とされている。祝から釈教までで雑部所収歌の約半数が並び、量的にも雑部は一種の二部構造になっている。星以下の歌群でも初度百首は部立の柱になっているものの、配列順は同じではない。そこには初度百首とは異なる配列原理があるように思われる。たとえば句題百首の第百首である「仙洞齢久」詠の次に「山家」「田家」を続ける箇所は「仙家」「山家」「田家」題を並べる和漢朗詠集の配列を彷彿させるものである。もとより堀河題、句題百首題ともに朗詠集の影響を強く受けるものであることは諸家に指摘されていることである。ここはむしろその朗詠集への先祖帰り的な現象が配列原理に働いているとみてよいのではないか。雑歌に朗詠集的要素を持たない久安百首歌が雑部の前半に閉じこめられ、星以下では初度百首と句題百首が協調するように配列を担うのである。

以上貧道集の配列に初度百首がもっとも深く関わっているであろうとの見通しを示したが、それはどういう理由からであったろうか。

初度百首は松野氏も指摘されるごとく、「常連の範囲内での催で、全歌壇的規模のものではなかった」。そもそもこの催しに参加したことが確認できるのは、教長の他に、崇徳院・行宗にすぎない。崇徳院の詠が習作期の特色を示していることについては浅田徹氏の論がある（同氏「初度百首における崇徳院―付、改編本散木集と堀河百首―」『教育と研究』14、平8・3）。教長の詠についての分析は三節に述べるが、後年勅撰集等の撰集に入った詠が殆どないことをもってしても、作品としての初度百首の位置というものはある程度計りうるのではないか。

堀河百首題が初学者の習作によく使用されたことについては、あらためて述べるまでもない。しかし、堀河百首題およびその配列意識は初学者の習学階梯で利用されるだけにはとどまらないこともまた無視できない。たとえば、西村加代子氏は一帖本散木奇歌集が通行の散木奇歌集とは異なる構成を有するものであったろうとの見通しを示された(2)。これを受けて、浅田氏は、それが堀河百首の部類構成に基づいた一本であることを検証された（同氏前掲論文）。これは堀河百首が私家集の配列原理を担う例であるが、西村氏は上記配列の一本を散木奇歌集の草稿本と推定され、浅田氏は逆に、俊頼以外の誰かが、詠作の実際的資料として便利なように組織替えを行ったのであろうと推測された。俊頼以外の誰かが配列替えをおこなうという推測は、西村氏のまったく考慮されなかった問題から発しており、なお検討すべき問題を残しているように思われる。また、さきに参照した久安百首においても、花園左大臣家小大進は堀河百首題にもとづいて詠作している。もちろん堀河百首と久安百首では構成や歌題が異なるので、四季部以外は利用がむつかしい。小大進は、四季部をほぼ堀河百首題で詠んでいるのである(3)。このことは、貧道集四季部において、初度百首の配列が利用されていることと軌を一にしているといえよう。

四　草稿本貧道集について

ところで、貧道集には、あきらかに後人の手が入ったと思われる箇所がある。

病おもくて、さすがに息ばかりはかよひて久しくなりにけるをり、もといひなれたることなれば、かくなん詠めりける

いきもせずしにもやられぬものゆゑになにときえやらん露のいのちぞ（945）
かくてみまかりにけりとぞ

教長の死は、治承二年三月以降、四年までといわれるが、明確な日時は不明である。頼輔と寂蓮が教長の死を悼む歌を残しているが（家集）、それによれば、頼輔も臨終には立ち会っていない。現行貧道集には、おそらく高野で教長の身辺にいた人物が書き取った詠草が入れられたのであろうが、それは、945歌をふくむ複数の歌ではないかと推測する。この前後をみると、935歌までは歌題詠が並び、その配列は表二に示したごとくである。ところが、936歌からは、詞書をともなった実情歌が並び、945歌に到る。そして946歌はふたたび歌題詠になり、句題百首の「遊女不定宿」詠がおかれる。すなわち歌題詠は「無常」と「遊女」の間で切断されて、実情詠が挿入されたかたちになっている。そして、貧道集は上述のごとく、このあたりは句題百首の配列に従っているから、ここは「無常」「遊女」と続くべきところであったはずで、教長の草稿本には、936歌から945歌はなかったのではない

だろうか。それらはおそらく教長最晩年の詠草であり、教長によって家集に入れられることもないまま残されていたのではないかと想像する。残された詠草は、草稿本家集の「無常」という語にひかれて、無常歌群のあとに置かれたのではないかと考える。

さて、教長詠の同時代撰集入集状況は以下のごとくである。

後葉集	9	（うち久安百首5）
詞花集	2	（同1）
続詞花集	7	（同2）
今撰集	6	（同2）
玄玉集	6	（同2）
千載集	10	（同8）

教長詠が千載集に十首も入集したことは、千載集が崇徳院に対する鎮魂歌集という面をもつことを度外視しては考えられないのではないか。(4) 教長の入集詠の多くが久安百首詠であり、句題百首はまったく顧みられず、初度百首は今撰集に一首、新続古今集に一首が取られるのみであることは一応注意しておきたい（存疑の48歌は除く）。

また家集編纂に関わって注意したいのは、貧道集編纂以前の撰集に入集した以下の詠である。

遠き国へつかはされける時、人のもとへいひつかは

せる
おちたぎつ水の泡とは流るれどうきにきえせぬ身をいかにせん（824）
遠き国へつかはされける時、人のもとへいひつかはしける（続詞花集847、歌略）

同じ道にて、のりかへにかげなる馬の侍りし、たづね侍りしかば、あしをやみてさがりたると申し侍りしかば
ひのひかりてらしすてたるうき身にはかげさへそはずなりにけるかな（826）
おなじ道にて、のりかへにかげなる馬の侍りけるを、たづねければ、あしをみてさがりて侍るよし申しけるをききて（同848、歌略）

これらはいずれも保元の乱の結果常陸に配流された折りの詠である。貧道集では雑部羇旅歌群の最後に四首が並ぶが、伊勢物語東下りを意識した長い詞書をもつ歌群となっている。そのうちの二首が続詞花集に入るが、家集と詞書が酷似している。松野氏のいわれるごとく、安元頃に家集が編纂されたとするならば、続詞花集が先行することになり、何を撰集資料としたかが問題になろう。家集が撰集を資料としたとは考えにくいので、ここは配流にまつわる旅日記のようなものがあり、それが撰集の資料になったのではないかと考える。同様のことは、

配流にまつわる記録以外にも以下のようなものがある。

讃岐院御時、御方違の所にて、人々におほみきたうびて、よもすがらあそばせ給ひしに、左京大夫顕輔にたびごとに人々酒をすすめければ、しひて（ママ）なにとなくいへりしことを歌にとりなし侍

あさなべの心地こそすれちはやぶるつくまの神の祭りならねど（948）

新院御時、御方違の所にて、人々におほみき給て、よもすがらあそばせ給けるに、左京大夫顕輔にたびごとに人々酒をすゝめければ、ゑひて何となくいへりけることを歌にとりなして末をいひける（続詞花集950、歌略）

この場合、詞書の最後に若干の違いがあり、続詞花集の方が状況を正確に語っているように思われる。酔った顕輔が、「浅鍋の心地こそすれ」と呟いたのを受けて、教長が下句をつけたというのが事実に近いのであろう。おそらく教長の手許には、折々の詠歌資料がある程度まとまったかたちで保管されており、それらは家集編纂時の資料になったのであろうが、詞花集、続詞花集などが撰ばれた際に、詠歌資料のかたちで清輔等に提示されたのではなかったろうか。そのように考えると、貧道集の中に俊頼の詠が混入していることも、多くの詠歌資料や歌書の中に紛れ込んだ俊頼詠をうっかり入れてしまった結果である可能性がもっとも高いように思う。そのこ

とはまた、教長にとって俊頼の詠がいかに身近で肝要なものであったかを語っているようにも思う。

以上、貧道集の配列をめぐる問題を考察してきた。教長が家集の編纂に際し、初度百首を配列の基本においた意識は、堀河百首が規範として機能していた時代の中においてみると、その意味の一面がみえてくるように思われる。俊成がほぼ同じ時期に長秋詠藻を新たな方法で編纂したことは、一面脱堀河百首の方向性を示していたとも思われるのであり、その意味で教長は、堀河百首の影響下にある最後期の歌人の一人であったといえるかもしれない。初度百首とほぼ同時期に俊成も堀河百首題による百首を詠むが、それは述懐百首といわれるように、新たな試みを前面に立てたものであった。むろん初度百首は崇徳院にとっての習作という意味合いが強い百首であり、教長の意志が主導したものではなかったであろう。しかし、それゆえに崇徳院近臣教長にとっては忘れがたい百首であったという面も逆に強かったのではないか。家集を編むにあたってそのこともまた、なにがしかは作用していたのかもしれない。

注

（1）河野信一記念館蔵本には、253歌にも「句題百首」の注記がある。

（2）同氏「顕昭『散木集註』と一帖本『散木集』」（和歌文学会関西例会口頭発表　平7・7）。なお稿者は当日の発表を聴くことができなかったため、後日直接に発表の概要を教示いただいた。実に懇切なご説明であったことが心に残る。

（3）久安百首における小大進の四季歌の主題を堀河百首題と比較すれば以下のごとくである（小大進の四季歌に通番を付し堀河百首題と対照し、違いのある箇所に＊印を付した）。

立春	1	解氷＊
子日	2	子日
霞	3	霞
鶯	4	鶯
若菜	5	若菜
残雪	6	残雪
梅	7	梅
柳	8	柳
早蕨	9	早蕨
桜	10	桜
春雨	11	春雨
春駒	12	春駒
帰雁	13	帰雁
喚子鳥	14	喚子鳥
苗代	15	苗代
菫菜	16	桃＊
杜若	17	杜若
藤	18	款冬＊
款冬	19	藤＊
三月尽	20	暮春

更衣	21	更衣
卯花	22	卯花
葵	23	葵
郭公	24	郭公
菖蒲	25	菖蒲
早苗		
照射		
五月雨	26	五月雨
盧橘	27	盧橘
蛍		
蚊遣火		
蓮	28	蓮
氷室		
泉	29	清水＊
荒和祓	30	御祓

立秋	31	立秋
七夕	32	七夕
萩	33	萩
女郎花	34	女郎花
薄	35	薄
刈萱	36	刈萱
蘭	37	蘭
荻	38	荻
雁	39	雁
鹿	40	鹿
露	41	露
霧	42	霧
槿	43	槿
駒迎	44	駒迎
月	45	月
擣衣	46	擣衣
虫	47	虫
菊	48	菊
紅葉	49	紅葉
九月尽	50	九月尽

初冬	51	初冬
時雨	52	時雨
霜		
霰	53	霰
雪	54	雪
寒蘆		
千鳥	55	千鳥
氷		
水鳥	56	鴛
網代		
神楽	57	神楽
鷹狩	59	鷹狩
炭竈	58	炭竈
炉火		
除夜	60	除夜

（4）千載集の崇徳院鎮魂性については、はやく谷山茂氏の論がある（「千載和歌集の成立とその時代的背景」〈陽明叢書『千載集・長秋詠藻・熊野懐紙』解説、昭51〉、『谷山茂著作集』三所収）。また当時の教長の動静については、原水民樹氏「崇徳院の復権」（『國學院雑誌』87－8、昭61・8）等に詳しい。

〈表一〉

歌題	貧道集番号	A	B	C
立春	1～11	**1**		1
旧年立春	12～16		**1**	
早春	17		**2**	
子日	18～22	**2**	6	2
霞	23～43	**3**	5	3
鶯	44～57	4	3・4	4
若菜	58～61	**5**	7	5
残雪	62～66	**6**		6
梅	67～77	7	8・**9**	7
柳	78～82	**8**	10	8
蕨	83	**9**		
桜	84～132	10	11～16	10
落花	133～147		**17**・18	
春雨	148～149	**11**		
春駒	150～151	**12**		11
帰雁	152～157	**13**		12
喚子鳥	158～160	**14**		13
苗代	161～162	**15**		14
菫菜	163～164	**16**		15
杜若	165～166	**17**		17
躑躅	167～169		**19**	16
桃	170			**9**
藤	171～175	**18**	22	18
款冬	176～177	**19**		19
春月	178～185			
春の雑	186～193			
三月尽	194～198	**20**	20	20
更衣	199～203	**21**		21
首夏	204			
卯花	205～215	22	24	22
葵	216	**23**		
郭公	217～251	24	27～29	24
水鶏	252～256			23

菖蒲	257〜261	**25**	26	25
早苗	262〜264	**26**		26
照射	265〜267	**27**		28
鵜川	268			32
五月雨	269〜277	**28**		29
橘	278〜282	**29**		30
蛍	283〜287	**30**		31
蚊遣火	288〜291	**31**		33
牡丹	292		**25**	
瞿麦	293〜299		30	27
蓮	300〜301	**32**		
氷室	302	**33**		
泉	303〜305	**34**		34
納涼	306〜310			
夏月	311〜314			
夏の雑	315〜321		**23**	
六月祓	322〜323	**35**		35
立秋	324〜327	**36**	31	36

七夕	328〜336	**37**	32・33	37
萩	337〜349	**38**	44	38
女郎花	350〜357	**39**	45	39
薄	358〜360	**40**		40
刈萱	361〜363	**41**		41
蘭	364〜368	**42**	46	43
荻	369〜371	**43**		44
秋の草花	372〜376			
雁	377〜380	**44**	36	42
鹿	381〜387	**45**	34	45
露	388〜389	**46**		46
霧	390〜393	**47**		47
槿	394〜395	**48**		48
駒迎	396〜397	**49**		49
月	398〜448	**50**	37〜43	50
九月十三夜	449〜460			
擣衣	461〜464	**51**		51
虫	465〜471	**52**	35	52

菊	472〜475	**53**	47	53
紅葉	476〜486	**54**	48	54
落葉	487〜509		**49**	
秋の雑	510〜522			
九月尽	523〜528	**55**	50	55
初冬	529〜531	**56**	51	56
時雨	532〜539	**57**	52	57
霜	540〜542	**58**		58
霰	543〜548	59	56	59
雪	549〜578	60	53〜55	60
蘆	579〜581	**61**		61
千鳥	582〜588	**62**	59	62
氷	589〜592	**63**	57	63
水鳥	593〜605	**64**	58	64
網代	606〜608	**65**		65
神楽	609〜610	**66**		66
鷹狩	611〜612	**67**		67
炭竈	613〜614	**68**		68
炉火	615〜616	**69**		69
仏名	617〜621			
冬夜	622〜626			
冬月	627〜628			
冬の雑	629〜630			
歳暮	631〜635		60	
除夜	636〜638	**70**		70

〈注〉

・Aは初度百首、Bは久安百首、Cは句題百首を示す。

・三種の百首歌の番号は、混乱を避けるためそれぞれ1〜100の番号を付した。その際、初度百首がどのような配列で提出されたものかを確定する資料はないが、とりあえず堀河題に、句題百首については、村上氏の研究成果に従った。

・歌題は可能な限り集中使用された語を用いた。

・歌群中の冒頭に位置する百首歌の番号を太字で示した。

〈表二〉

歌題	貧道集番号	A	B	C
祝	780〜801	**100**	83・84	
別	802〜812	**93**	90	
羇旅	813〜827	**92**	93〜97	
神祇	828〜829		**81**・82	
釈教	830〜876		85〜89	
星	877			
風	878			
暁	879	**81**		
夜	880〜881			
山	882	**86**		
海	883〜888	**91**		95
河	889	**87**		
野	890	**88**		
関	891	**89**		
橋	892	**90**		
仙家	893			**100**
山家	894〜896	94		**97**
田家	897	**95**		
松	898〜899	**82**		91
竹	900〜902	**83**		92
苔	903	**84**		
鶴	904〜906	**85**		93
蔦	907			**94**
述懐	908〜914	**99**		
懐旧	915〜918	**96**		
夢	919	**97**		
眺望	920〜922			**96**
餞別	923			**99**
無常	924〜945	**98**		
遊女	946			**98**
(贈答)	947〜966			
物名	967〜973		**98**・99	
雑体	974〜979		100	

2　貧道集の歌題詠

はじめに

貧道集の詞書には、

①詠作事情を明記するもの
②歌題のみを示すもの
③ひとつの題でまとめ、歌群の形態をとるもの

がある。三種の百首歌をはじめ、崇徳院歌壇における詠、また公通家歌会、俊成家歌会詠などは①に相当する。また、「歌林苑影供歌会」「泉殿御室にて…」というように、歌林苑歌会、覚性法親王関連の歌会についても詞書に明記される場合がある。ただし、後述するごとく、そのすべてを明記しているとは思われない。貧道集の編纂にあたって、たとえば歌林苑歌会を詞書に記す際に、何らかの方針があったのか、あるいはまったく任意に書かれたり書かれなかったりしたのかは不明というほかない。仮にこの方針を抽出しえたならば、歌林苑歌会といわれるものの種々相を再構成できるかと思われるのだが、現時点では方針の有無をも明確にしえない。林葉集、出

観集その他を検すると、貧道集中の詠に歌林苑関連、御室関連のものと思われる詠がきわめて多いことは確かである。しかし、その根拠は歌題の一致、歌句の類似といったようなことであって、教長と俊恵や覚性との交流は確かであっても、その全貌を跡づけることは困難である。また、他の歌会についてもそれをすべて明記するわけではない。③の形態で収められた歌は、詠作事情が不明であるだけでなく、歌題そのものも本来のものか確認することは困難だ。たとえば「旅宿春月」という題で一括された178〜185の歌群中の183は、三井寺山家歌合「春月」の詠である。こういったことの究明は大きく資料の存否にかかっているだろう。一首ごとに歌題のみが示される②の場合は、③に比べれば少なくも歌題のみは判明するから、歌の理解にはより確実性を見いだしうるが、別の問題――歌題という情報が有する、詠作事情の解明の可能性をどのように処理するか――が生じる。

この時代の歌壇研究は、歌題、ことに四文字・五文字題を特定の歌会や歌合への直接・間接の参加を裏付ける指標として利用してきた面がある。しかし他方で、それが確実な指標ではなく、いくつかの条件に徴したうえで使用しなければ、かえってその指標性自体を損ねる危険のあることもまたくり返し指摘されてきた。その条件の一つに、歌題を掲出する個々の歌集が、それをどのように扱っているのかを検証する作業があるだろう。一部の歌集については、もとの歌題が集に収められる際に変更された事実が指摘されている。私家集においても自撰・他撰、あるいは自撰を骨格としつつ後人による増補が想定される場合（貧道集はこれに相当する）、草稿本にとどまって、未整理な状態が歌題の扱いにも影響している場合など、実に多様な状況がある。個々の歌集、とりわけ私家集の性格を把握する作業は、個々の家集内部での歌題のもつ指標性の限界を明確にするとともに、逆にそのことによって限定的ではあるものの、より確かな有効性を獲得できると考える。

前節では貧道集の構成を検討し、同集が三度の百首歌（崇徳院初度百首・久安百首・句題百首）を中心に置いていること、とりわけ初度百首の歌題（堀河百首題による）に集自体の配列をゆだねていることを考察した。貧道集に限らず、たとえば歌集が強力な配列原理をもつならば、その資料となる歌会・歌合の詠草は、収録の際に何らかの改変を蒙る可能性は否定できない。こういった機縁は他にも種々想定できるのであり、個々の歌集の性格を可能な限り捕捉する作業なしには、結局歌題は有効な指標性を発揮できず、蓋然性の積み上げに寄与するに終わるだろう。

本節では、貧道集の歌題詠を検討し、教長が歌題とどのように対していたかについて、私見を述べたいと思う。考察の過程で、歌題の有する指標性にとりあえずは依拠しなければならない場面にしばしば遭遇するが、それを教長の伝記的側面、また現存する資料によって修正しつつ考察を進めたい。以下の考察を通して抽出しうる歌題への態度は、ひとり教長に限られるものもあり、また同時代に共通する要素もありうると思う。個々の歌人の独自性と一般性に対する考察を積み重ねることによって、この時代の歌界が、少しずつ見えやすくなってゆくのではないだろうか。

一　貧道集の歌題

貧道集の歌題詠のうち、上述②および③の一部に相当するものは、歌題にして一八〇余、歌数にして二三〇余、これらの歌は、歌題のみが記され、詠歌事情は不明である。ただし、貧道集以外の資料を参看すると、さきにあげた三井寺山家歌合「春月」題のごとき例は、詞書がかならずしも正確ではない場合があることを示すとともに、歌会・歌合での詠であることが明示されない場合も多いことを示唆する。ちなみに、三井寺山家歌合出詠歌五首（題は春月・夏月・秋月・冬月・初恋）のうち、貧道集に入るのは三首で、それぞれの詞書は以下のごとくである

（なお628については後述）。

（上述）　　　　　　　　（183「春月」歌）
「月歌とてよめる」歌群のうち（417「秋月」歌）
「東山辺にて、冬月」　（628「冬月」歌）

さて、一八〇余の歌題のうちには、「梅」「更衣」のごとき一般的な歌題も含まれ、これらについては検討を断念せざるをえず、以下主として四文字以上からなる結題を考察することになる（たとえば「夜」のごとき一字題であっても、用例が少なく特殊とみなしうるものはこの限りでない）。

右のごとき経過の末、対象とする歌題は一七〇題ほどに限定される。このうち、管見の限り、教長以外の用例を見いだせないものが約六〇題にのぼる。これを除外して、約百余の歌題が本節での検討対象となる（後掲付表参照）。

二　参加の推定される歌会

さきにあげた三井寺山家歌合や広田社歌合での詠が、その旨を明記せず入集していることは、歌合資料の側から確認できる。次に、歌合証本などはないが、他の歌集から想定される歌会に出詠したと推測されるものに、以下のごときものがある。

公重の風情集に「僧都児十首（歌）よむに」という詞書がある。この詞書が掛かると考えられる341から350間での歌題、および他家集の同題詠は以下のとおりである（詞書から、明らかに別の歌会での詠と推測されるものは除く）。

風情集	貧道集	その他
341 霞遠村をこむ		
342 深山尋花	132	
343 暁聞郭公*1		出観196
344 向泉友をまつ		讃岐34*2 大進3
345 社頭明月	437	禅林5
346 古寺紅葉	486	出観496
347 雪中客来	570	有房54
348 島辺水鳥	604	親盛67
349 逐日まさるこひ	725	千載717（後白河）*3
350 瞿麦満庭		出観261 清輔84

*1　この題は一般的で永長元年師時歌合の題にもなっている。
*2　森本元子氏は讃岐詠を「重家集「内御会當座、泉辺待客」永暦元年の詠か」とされる（同氏『二条院讃岐とその周辺』笠間書院、昭59）。
*3　後白河詠は月詣集では「随日増恋」とあり、存疑。

風情集の十首は、四季各二首、恋一首となるから、最後の「瞿麦満庭」題には疑問があり、十首すべてを入れていない可能性もある。風情集自体が草稿本かと推定されており、その点を考慮しなければならないが、他歌集の歌題との一致の程度や詞書から、覚性周辺で催された歌会と推定される。

やはり風情集に、「大夫公俊恵三首をこひしに」という詞書がある。これを受ける三首を同様に示せば以下のごとくである。

風情集		貧道集	その他
328	遠聞郭公	250 251	千載156（実家）月詣330（範玄）実家80 経盛34
329	水上夏月		続詞花140（心覚）月詣457（重保）458（実家）実家91-92 林葉289-292 頼政168 頼輔26v 隆信33
330	嘆短夜恋	728	実家255-256 林葉863-864

林葉集の歌題には「歌林苑」と注されており、隆信集の詞書は「白川にて人々歌合し侍りしに、水上の夏月といふことを」とあるから、歌林苑における歌合であったことが確認できる。

以上の二例は、詞書には明記されていないけれども、歌題がまとまって特定の歌会のそれと重なっていることから、当該歌会に出詠した歌である可能性がきわめて高いと推測される例である。冒頭述べたごとく、教長がなぜ詠作事情を明記しなかったのかは不明である。たとえば仁安二年八月の経盛歌合は「草花」「鹿」「月」「紅葉」「恋」の五題であった。この折りの詠は貧道集に四首入るが、すべてに経盛歌合での詠と明記されている。また、四文字・五文字に及ぶ結題の場合、それ自体が一つの指標となるわけだが、教長にそういう意識があったのかはわからない。四文字題であっても、詠作事情を示す場合もあるのである。

三　不参加歌会題の詠

このように指標性の高い結題を検討してゆくと、奇妙なことに気づく。それは教長が出詠しなかったことの明らかな歌会・歌合の歌題詠が貧道集にまとまって入っていることである。

承安三年八月十五夜に行われた三井寺新羅社歌合は「遥見山花」「故郷郭公」「湖上月」「野宿雪」「談合友恋」の五題で行われたが、貧道集には「談合友恋」以外の四題による詠がみえる（なお、貧道集には「会友談恋」という用例未見の歌題があり、「談合友恋」と同一とみなしてよいかもしれない）。この歌合は判者が俊成、教長の兄弟教智が出詠している。貧道集124詞書には「山寺にこもりゐて侍りし時、遥見山花といふ心を」とあり、これのみ見ると、題を設定して実情詠を詠んだかのように理解されるが、こういった詞書の背後に、歌合の題によって個人的に詠歌したという状況を想定すると理解しやすいのではないか。(1)

また教長自身が主催した承安二年十二月の東山尾坂歌合は「尋山花」「暁郭公」「旅宿月」「連日雪」「隔河恋」の五題であった。萩谷朴氏はこの歌合に「亭主たる教長はむしろ歌人、方人には加わらず、ただその結果を享受」したとの見方をされる（『歌合大成』三八八解説）。歌合そのものに教長が出詠したかどうかは証本を欠くので何ともいえないが、貧道集には「暁郭公」（240〜243）「旅宿月」（430〜432）「連日雪」（578）「隔河恋」（736〜737）詠が収められる。比較的ありふれた題であることも断定を躊躇させるが、「連日雪」が用例の少ない題であること、四題の詠が確認できることから、出詠しなくとも、個人的に歌合の題によって詠作した可能性を認めてよいのではないかと思う。（なお貧道集84は「入山尋花題として」の詞書を有する。「入山尋花」題は他に同題を見ないが、詞書の書きぶりから、自らが主催した歌会における詠の可能性も否定できない。後掲表参照。）

こういった諸例のうち、もっとも注目されるのは建春門院北面歌合の歌題との一致である。貧道集にはこの折りの三題による詠が以下のごとくやはり歌題のみを詞書として入れられる。

関路落葉

こきうすき散りもとまらぬ紅葉ばになをやかふらん白河の関（499）

水鳥近馴

こやの池のみぎはの宿はやへぶきもみなるる鴛の羽音さむしも（601）

臨期違約恋

もれきかん人はかけても思はじを枕ならべてみさをなりとは（774）

同歌合は証本があり、教長の不参加は確実である。「関路落葉」は類似の題も多い。「水鳥近馴」は、類似した題が句題百首にある（「水鳥馴人」貧道集602）。「臨期違約恋」は非常に特殊な題といってよく、歌集等を検してもほとんどが建春門院歌合で詠まれたものである。ほとんどというのは、この題を詠じた人物がもう一人いるからである。それは俊恵で、林葉集838歌以下に四首並ぶ歌に対して、「臨期違約恋同」の詞書がつけられる（ただし839以下の三首は題意に合致しない）。この「同」という添書を、834歌の「当夜違約恋歌林苑」の「歌林苑」を受けるとみれば、「臨期違約恋」題は歌林苑歌会で詠まれたことになる（当該部分、林葉集諸本に異同なし）。結局現存資料の範囲では、この題による詠は、建春門院北面歌合における詠と、教長、俊恵の詠のみとなる。教長の歌集に彼の参加していない歌合の題による詠が三首とも入っているというのは、はたして偶然といえるのであろうか。

無名抄には、この歌合に先立って頼政が「関路落葉」題の歌を「あまたよみて当日まで思ひ煩ひて」俊恵に相談した結果「都にはまだ青葉にてみしかども」の歌を提出したことが語られているから、俊恵が歌合には参加していないものの、事前に題などを知っていたことは確かであろう。すると「臨期違約恋」題を歌林苑で詠んだというのは、建春門院北面歌合に参加しなかった俊恵と教長が誘い合って歌合題を詠んだというようなことを想像させる。さらに頼政は「水鳥近馴」題を二度詠んでいる。頼政集は以下のごとくである（なお、頼政集は「臨期違約恋」題の詠を入れていない）。

於法住寺殿院御熊野詣之間人々歌合せられしに、関落葉を
都にはまだ青葉にて見しかども紅葉ちりしく白河の関（276）
同歌合、水鳥近馴
子をおもふ鳰のうきすのゆられきてすてじとすれやみがくれもせぬ（277）
同じ心を、歌林苑会
まきながすにふの川瀬にゐる鴨はめなれにけりなたちもさはがず（278）

あるいは、頼政も再度歌林苑という場で、さきの三題を試みた可能性はある。そうであれば、ここでいう「歌林苑会」というのは、整った歌会を意味する語ではないだろう。

歌林苑の活動は、かならずしもその全貌が明らかになっているわけではなく、歌林苑という概念そのものに疑義を呈する論も提出されている。(2) 歌題に関しては、二条院歌壇、建春門院北面歌合、後白河院供花会で使用された歌題が歌林苑で詠まれた可能性を、はやく石川暁子氏が指摘している。(3) 氏の提示された資料によっても、こういった行為の中心にいるのは、資料の残存という問題は残るにしても、俊恵と教長である。そのことを教長個人に即してみるならば、歌林苑の上述の傾向はよりはっきりしたかたちで貧道集に現出しているといわねばならな

い。貧道集にみられる特定の歌会・歌合の歌題とのまとまった一致は決して偶合ではなく、追体験的な、あるいは間接的な歌会参加をめざした結果ではなかったか。

たとえば建春門院北面歌合や後白河院供花会歌会についてみると興味深い面がある。教長は兼実家や後白河院のグループには近づいた形跡が認められない。玉葉は建春門院が教長を忌避したことを伝える(4)。また、教長も最晩年まで崇徳院の復権に情熱を傾けていたらしい(5)。そういういわば歌壇形成の一要因である人脈によって構成された歌会という境界を、歌題、すなわち歌会のより文芸的な部分による新たな歌会の再構成という行為によって破る結果になっていることに注目しておきたい。さらに林葉集の詞書に付せられた添書を信ずれば、この試みは歌林苑という場で行われたことになる。この場がどのようなものであったかは不明ながら、少なくも別の歌合で詠まれた歌題に取り組む姿勢のあったことは認めてよいだろう。歌林苑に即していえば「地下・緇流による文芸集団」という捉え方が、その内実を不問に付したまま一人歩きしているとの指摘がなされているが(6)、上述の経緯は、多少なりともそれを補完する行為とみてよいのではないか。

教長についてみるならば、既存の歌題を詠むことは、かれの詠歌法の一特色であったといえる。貧道集には「同じ心を（よめる）」という類の詞書が四十例近くある。このような詞書はごく一般的にみられるものであるが、一方で「同じ題を（よめる）」という類の詞書が二十例近くある。そういう詞書を有する歌を検する限り、同題とはけして類似の題というような曖昧な意味では使われていない。こころみに他の歌集を検すると、同題という語を使用する例はそれほど多くない。元真集、楢葉集に若干みられる程度であり、貧道集の使用例は圧倒的に多い。一例をあげる。

A　清輔朝臣影供の時山家時雨といふことを
あきはてて紅葉ちりにし山里はなにをそむとて時雨ふるらむ（538）
東山辺同じ題をよめる
まきのとをたたく時雨にしののめはこの葉も夜半もあけにそありける（539）

B　歌林苑会に山家始霞といふことを
もみぢばに思ひやるらむみ山辺の宿に霞のふりぞそめぬる（543）
東山辺にて同じ題を
とやまより思ひやるらむみ山辺の里は霞のふりにけるかな（544）

草稿本のまま伝わる家集が、歌会に提出すべく詠んだ同題歌を複数載せる例として行宗集の場合が報告されているが、(7)貧道集はきわめて緊密な構成を示し、重出歌も一首しかなく、草稿本とは考えにくい。また、詞書を改めて二首を並べるから、別の機会に詠まれたものとみてよいだろう。Bは歌題そのものが他に例をみないので推測によらざるをえないが、両首がきわめてよく似ており、かついずれをも捨てず入集させているから、歌林苑歌会で詠出した543歌のバリエーションとして544歌を詠んだのではないか。544詞書の「東山辺にて」は後述のごとく問題のある語だが、とりあえず、歌林苑、あるいは清輔の主催した影供歌合の場とは異なる場を示すものとみておく。

貧道集にみられる如上の事実は、教長が歌題というものにきわめて意識的であったことを示す。そのこととともに注意されるのは、すでに指摘された歌題の流用が、教長において実現していることである。すなわち歌題は、歌人が特定の歌会・歌合に参加した可能性を濃厚に示すとともに、一方でそうではない可能性を含み持つのである。そしてその弁別には、個々の歌人の詠歌の実態や、歌題への姿勢の捕捉が必要であり、具体的に、どのような歌会の歌題を、なぜ取り込んだのかという点までの追尋が求められるであろう。

とりあえず教長に限定していうならば、特定の歌題を詠んでいることが、それを課した歌会に参加したこととはならない場合が比較的多い歌人だとはいえる。もちろん教長は既製の題を借りるばかりではなかった。教長が深く関わったと推測される覚性の御室歌壇では、四文字題にとどまらず、五文字のより複雑な題が詠まれていたようだ。大まかな数字を示せば、八五〇首をおさめる出観集の中に、五文字題は八二ある。また、山家集568の詞書「仁和寺の御室にて、山家閑居見雪といふことをよませ給ひけるに」によれば、六文字題が詠まれたことも確認できる。御室歌会の歌題を誰が定めたか不明ながら、清輔とともに教長はもっとも可能性のある人物といわねばならない。

四　「東山辺」の意味するもの

教長は数度にわたり歌会・歌合を主催したようだ。判明する限りをあげれば以下のとおりである。

a　久寿二年五月七日以前、廿五名所歌会
b　承安二年閏一二月以前、東山尾坂歌合
c　某年冬、歌合、題「寒夜千鳥」

d　某年歌会あるいは歌合、題「東西時雨」
e　某年歌会あるいは歌合、題「雲晴月朗」
f　某年、海路名所歌合
g　某年歌会、題「山路落葉」

a、fについては松野陽一氏の検討がある。[8] bについては『歌合大成』に詳しい（『大成』三八九）。cは、頼政集281に「観蓮歌合」とあり、『大成』三九〇はこれをあげるが、他に寂蓮の参加が考えられる（寂蓮集45「宰相入道教長の家歌合に、寒夜千鳥」）。また、林葉集665は「教長入道家会に、千鳥」の詞書をもつが、その詠は「心から差しでの磯のいはがうへに夜寒なりとや千鳥鳴くらん」で、あるいは「寒夜千鳥」詠であったかもしれない。同題の詠を残す歌人は他に公重（風情集317）、清輔（214）、西行（山家集45、西行法師家集284）がいる。[9] dは隆信集250に「宰相入道人々に東西の時雨といふことをよませ侍りしに」とある。また、頼輔集45は題のみを記すが、同題である。eは親盛集48に、「雲晴月朗高野教長入道会」とあるもので、d歌会との関係などは未詳。但し、「高野」を高野における歌会と解すると、別のものである可能性が高い。貧道集411詞書によれば、教長は高野でも歌会らしきものに参加していたことがわかるから、そういった集いを主催することもあったものと思われる。gは林葉集592に「山路落葉教長入道会」とあるもので、同じ題は頼政集272にみえるのみ。詞書は「山路落葉、仁和寺にて人々読み侍りしに」。貧道集には同題の詠がみえず、詳細不明ながら、仮に同一の会だとすれば、仁和寺において教長が主催した会ということになるが、覚性あるいは守覚を後援者としての歌会も想定できないわけではない。

以上が教長の主催した歌会に関する資料だが、貧道集には自らの主催した歌会についての言及は一切ない。しかし、東山尾坂歌合の場合にみるごとく、自らの主催した歌会に関わる詠を全く入れていないわけではなさそうだ。それを探る手がかりのひとつが歌題であるが、今ひとつの手がかりが「東山辺にて」という言葉ではないだろうか。集中「東山辺（にて）」という詞書は十六例みえる。煩をいとわず掲出すれば以下のとおりである。

484-489　東山辺にて、連峰紅葉
497　東山辺、江上落葉（未見）
539　東山辺、同じ題［山家時雨］をよめる
544　東山辺にて、同じ題［山家始霰］を
559-566　東山辺にて、雪
568　東山辺にて、朝見山雪（未見）
585　東山辺にて、千鳥題にてよめる
592　東山辺、氷止水声（未見）
617-618　東山辺にて、雪中仏名（林葉621、月詣1076）と云ふことをよめる
628　東山辺にて、冬月
632-633　東山辺にて、同じ題［歳暮］を
821-823　東山辺にて、氷為旅鏡（林葉620）と云ふことを
885-888　東山辺にて、おなじ心［海路名所］をよめる
906　東山辺にて、山家鶴馴（出観830）と云ふことを

927-932 東山辺にて、無常歌とてよめる
969 東山辺にて、うぐひす

このなかで885～889は松野氏が「海路名所歌合」とされたもので、上述fにあたる。585は「千鳥題」とあり、題を設けて詠んだと思われ、歌（「冬の夜の旅寝をすまの浦千鳥なくねにいとど床ぞさえける」）からもcの可能性がある。それ以外のものも結題による詠が多く、歌会・歌合の場を想定させる。ただし、ここにみられる題は他に使用例のないものが多く、わずかに「雪中仏名」「氷為旅鏡」「山家鶴馴」に使用例をみいだしうるのみである。また先述のごとく、628は三井寺山家歌合の詠である。これが「東山辺にて」という詞書を付して家集に入ることが何らかの錯誤によるのではなく、主催した歌会を明示しないという方針に従った処置であったとすれば、三井寺山家歌合において、教長は判者、出詠者であっただけではなく、主催者だった可能性があり、開催場所は彼の東山の住まいだったことになろう。すなわち十六例中二例は歌会であることの徴証があり、三例がその可能性の高いものということになる。

これらの事実を総合的にみると、「東山辺（にて）」という語は、むろん教長の東山の寓居をまず第一に示すが、その住まいで行われた歌壇的行為のニュアンスを含む場合があるということになる。歌壇的行為というのは、あくまで単独の閉じられた営為に対する語として用いたにすぎない。歌会とはいっても、それは中村文氏が「人々の寄り集いから自然に立ち現れる詠歌空間」(10)として、いわゆる「歌会」と区別されたような質のものではなかったか。

そのように考えると、たとえば歌林苑に関するものも、「歌林苑影供会」「歌林苑臨時会」などと記されるもの

は、歌会としてはかなり整備されたものであり、それ以下の偶発的な少人数によるいわば詠み合いのごとき場合は、歌題を示すに止めたのではないだろうか。歌会の称もその規模に相応したものとして注意深く読む必要があるだろう。

以上は、貧道集を通してみた、歌題というものの流通の様への試論である。歌題というからには、歌会を無視した議論が成り立ちにくいのは当然であって、この時代の歌会のあり方というものに対しても、注意しなければならないだろう。同一の歌題が複数の場で詠まれたのではないかという指摘はこれまでも数多くなされてきた。歌題に頼って歌会の参加歌人を認定することの危険性はもはや共通の認識といってよい。しかし、一方で歌題の共通性に依拠せねばならない場合の多いことも又事実である。

同一の歌題が使用されるという現象はその基底になにがしかの時代的特性を秘めているはずである。それはこの時代にことに顕著にみられる現象であるとともに、他方では、歌人、あるいは歌人グループに集中的に顕現している現象でもあるように思われる。とりあえずは個々の歌人を個別的に検した場からの立論が不可欠であることはいうまでもない。

注

(1)『歌合大成』に指摘されるごとく、この歌合では季経が阿闍梨泰覚の代作をしている（季経集には「遥見山花」「故郷郭公」「語合友恋」題の三首しかみえないが、その限りでは、歌合証本にみえる泰覚詠とほとんど同じであり、泰覚は代作をそのまま出詠したものと思われる）。この例は不参加歌会の題を詠むひとつの場合であるが、教長の詠は、こういった場合には相当しないようである。

(2)　中村文氏「歌が詠み出される場所―歌林苑序説―」(和歌文学論集6『平安後期の和歌』〈風間書房、平6〉所収)

(3)　同氏「歌林苑をめぐる歌人達」(『和歌文学研究』50、昭60・4)

(4)　岩橋小弥太氏「藤原教長」(『国語と国文学』30・12、昭28・12)、高崎由理氏「藤原教長年譜」(『立教大学日本文学』56、昭61・7)参照。

(5)　原水民樹氏「帰洛のはてに」(『国語科研究会報』10、徳島大学教育学部国語科研究会、昭60・3)「崇徳院の復権」(『國學院雑誌』87-8、昭61・8)

(6)　注(2)前掲注。

(7)　浅田徹氏「源行宗の和歌―家集内重出歌の検討―」(『教育と研究』13、平7・3)

(8)　同氏『鳥帚　千載集時代和歌の研究』I余滴(風間書房、平7)

(9)　無名抄「千鳥鶴毛衣事」には、「寒夜千鳥」題が歌林苑の月次歌会で詠まれた折りの逸話が語られている。無名抄の記事を信ずれば、同一の題で教長家歌合が行われたことになるが、「寒夜千鳥」題の詠に、歌林苑歌会でのものとする資料は管見に入らない。また無名抄には教長がまったく登場しない。西行も同様であることについては山本一氏(「西行における神―和歌勧進への態度をめぐって―」『国文学』39-8、平6・7)、また稲田利徳氏(「西行と長明」『中世文学研究』21、平7・8)の指摘があるが、あるいは、教長家歌会を歌林苑歌会と言い換えたのであろうか。とすれば、歌林苑を語る無名抄の姿勢は、少しく検討を要するであろう。

(10)　注(2)前掲注。

貧道集詠時不明歌題（「同題歌を載せる歌集と歌番号」の項は、教長に関連する時期・事項を目安としている。）

貧道集番号	歌題	歌会・歌合	同題歌を載せる歌集と歌番号	推定歌会・歌合
41	霞隔関路		頼政6・7	
42	霞籠寺深		未見	
44	始聞鶯	内裏十首歌会	行宗311・353-355　続詞花15実行	
75	隣家梅花		林葉65　夫木742資隆　頼政20　重家323	清輔歌会
80-81	柳被染雨		未見	
84	入山尋花		未見「尋山花」続拾55公通　月詣96広言　99顕昭　頼政51　重家509　師光11「山花」林葉155	
122	毎年見花		行宗312　万代328時房　一字978永源　985実行	
123	終日見花		風情117	
124	遙見山花		月詣181信親　季経6　一字132	三井寺新羅社歌合
125	深山桜花		当代未見	
126	山路花		夫木8372西念	
132	深山尋花		風情342	僧都児十首歌
144	花泛澗水		当代未見	
178-185	旅宿春月		当代未見	
186	雪消客来		未見	
187	水草纔緑		未見	
188	春閑携絃		「春日携絃」出観44	

189-191	暮春帰雁		季経13　重家546	清輔歌会
196	山寺三月尽		未見	
197	山家三月尽		月詣236寛玄　237伊綱	
205	卯花纔開		未見	
215	卯花為隣隔		出観151「卯花隣隔」一字359	
218	樹隠待郭公		未見	
219	郭公未遍		当代未見　散木219	
240-243	暁郭公		用例多数	尾坂歌合
244	夕郭公		風情8　頼政147-148　玉葉325西行　為忠後度百首題	
245	暮山郭公		当代未見　散木269　顕季165	
246	禁中郭公		当代未見	
247	故郷郭公		季経18　長方58　堀河14	三井寺新羅社歌合
248	郭公留客		当代未見　散木233	
249	馬上聞郭公		「馬上郭公」実家83・広言27　為忠後度百首題	
250	遠聞郭公		千載156実家　月詣330範玄　風情328	俊恵三首歌合
254	月夜水鶏		未見	
255	雨中水鶏		未見	
256	連夜水鶏		林葉286　林下80「連夜聞水鶏」聞書250	
263	雨後早苗		月詣442範綱　35親盛　夫木2589仲正	
273	連日五月雨		月詣440実平　広言30	

274	河辺五月雨		出観219	
276	閑居五月雨		当代未見	
280	夜花橘		未見	
282	盧橘遠薫		重家479　頼政155　頼輔25　清輔81	供花会
285	隔竹望蛍		出観233	
286	海辺蛍		清輔83	
287	社頭蛍火		林葉337　「社頭蛍」親宗37	
297	瞿麦繞籬		未見	
298	苔庭瞿麦		未見	
299	処処瞿麦		未見	
305	対泉避暑		当代未見	
310	林中塹涼生		「林中逐涼坐」出観265	
311	対月恨宵短		出観252	
312	泉辺翫月		重家566　頼政166　夫木3675仲綱	右大臣家月十首
313	水路夏月		出観255	
314	月先秋明		未見	
316	水風似秋		広言35　頼政158　「水風如秋」隆信32	供花会
341	萩満野亭		林葉373　山家271	
342	野径萩		当代未見	
344	秋草		風情322	

346	草花纔開		林葉383　清輔110　月詣633実房	
347	山家草花		当代未見	
348	凌野花尋人		出観331	
349	雨後草花		当代未見	
355	朝見女郎花		当代未見　金葉三奏145俊頼	
356	女郎花近水		林葉374　山家284　頼政186	
357	草花纔開		346参照	
360	薄当路滋		林葉375　山家274	
363	古籬刈萱		林葉376　頼政198　山家275　月詣647参河内侍	
368	処処草花		未見	
371	隣家晩荻		頼政199	
372	草花未遍	保延元年七月八日歌会	行宗281　有房32　経家23　「草花不遍」出観321	
380	雁行知声		未見	
386	遠近鹿		未見	
387	遠聞鹿		当代未見	
393	霧中遠帆		出観447	
423	明月夜静		未見	
425	海路月		用例多数	
427	湖上月		用例多数	三井寺新羅社歌会

428	月照松		林葉955-957　実家150-152　小侍従184-187　続詞花351	
429	月照菊花	久安三年以前九月十三夜歌会	詞花126崇徳　顕季98　顕輔136　風情28　長秋詠藻253	
430-432	旅宿月		用例多数	尾坂歌合
433	旅泊月		実家139　重家488	供花会
435	月山家友		未見	
436	月毎人友		未見	
437	社頭明月		風情345　資隆5	僧都児十首
438	寺閑月明		出観422	
439	月前聞鐘		出観256　風情379	
441-443	月前談往事		当代未見　一字831・832	
444	対月恋古		未見「対月恋古人」一字158	
463	終夜擣衣	西山辺	当代未見	
464	遠聞擣衣		顕輔78　風情216　長方94　続詞花247匡房	
469	隔河聞虫		未見	
470	深夜虫声		未見	
471	旅宿虫		風情339　実家162　親盛55　長方86　重家282　寂蓮159	八幡歌合
484	連峰紅葉	東山辺にて	未見「みねつづきのもみぢ」風情215	
486	古寺紅葉		出観496　風情346	僧都児十首
496	雨中落葉		林葉595-596　月詣915大炊御門右大臣家佐　一字29	

497	江上落葉	東山辺	未見	
499	関路落葉		用例多数	建春門院北面歌合
501	行路落葉		風情318	
502	紅葉満林		平治元年大嘗会和歌658	
508	惜落葉		未見	
521	山家秋暮		出観513　季経38　重家575　覚綱33	右大臣家歌会
522	旅宿秋晩		未見　親盛56旅宿晩秋	
537	林下時雨	内裏十首会	行宗316・351　一字46行宗	
539	山家時雨	東山辺	用例多数	
544	山家始霞	東山辺にて	当代未見	
548	行路霰		林葉101　治承歌合255覚盛	雅定歌会
549-551	旅宿初雪		重家450　清輔208	白河殿歌会
568	朝見山雪	東山辺にて	未見	
569	雪朝見行人		未見	
570	雪中客来		月詣947広言　有房54　風情347	僧都児十首
571	雪埋寒野		未見	
572	野宿雪		林葉605	三井寺新羅社歌合
573	旅行雪		季経40　清輔210	公通歌会
574-577	社頭雪		用例多数	
578	連日雪		頼政297　重家512　夫木7160大炊御門右大臣家佐　9828清輔	尾坂歌合

588	浦近聞千鳥		出観617	
592	氷止水声	東山辺	「氷留水声」 長秋詠藻276	鳥羽院歌会
601	水鳥近馴		用例多数	建春門院北面歌合
603	江辺水鳥		未見	
604	島辺水鳥		風情348 親盛67	僧都児十首
605	寒沼水鳥		出観642	
618	雪中仏名	東山辺にて	林葉621 月詣1076前斎院右衛門佐 成通56	
619-621	処処仏名		未見	
626	寒夜旅宿		山家516	
628	冬月	三井寺山家歌合・東山辺にて	用例多数	
629	山家冬閑		出観527 一字230俊頼	
630	山家冬深		山家569 長方112	
634	老惜歳暮		未見	
657	忍余恋		未見	
658	忍久恋		寂蓮51 後世多出	
659	憚人目恋		未見	
677	行不遇恋		親盛76	供花会
679-681	毎昼遇恋		重家487・547 清輔268 為忠後度百首題	重家歌会
686	後朝隠恋		当代未見	

688	暁不返恋		未見	
692	絶後恋		月詣595親盛　為忠後度百首題	
695	羈中恋		親宗109　後世多出	
724	対月恋		未見	
725	逐日増恋		風情349	僧都児十首
729	嘆短夜恋		林葉863-864　風情330　実家255-256	俊恵三首歌合
730	寄歳暮恋		重家391　月詣495大進　496因幡	
731	煩恋歳暮		林葉899	
732	契歴年恋		未見	
734	隔山恋		林葉925　忠通130-134	
735	近隣恋		重家480　清輔257　頼政479	供花会
737	隔河恋		出観702　林葉828　親盛75　頼政352・386　忠度65	尾坂歌合
739	隔牆恋		未見	
740	田舎恋		未見「恋田舎人」林葉769	
741	不知在処恋		林葉798　重家240	二条院歌会・歌林苑歌会
753	寄郭公恋		当代未見	
755	寄更衣恋		月詣468覚綱　469祐盛　470前斎院右衛門佐　清輔276	
756	隔簾遇恋		一字657崇徳	
757	見難忍恋		未見	
759	聞音増恋		未見	

763	秘傍女恋		「隠傍女恋」頼政506　「憚傍女恋」親宗108	供花会か
764	秘知音恋		林葉855　頼政437	
766	蔵従者恋		「秘従者恋」供花会歌題	供花会か
767	会友談恋		「談合友恋」三井寺新羅社歌合歌題	三井寺新羅社歌合か
768	被妨親恋		林葉854	
769	互憑誓言恋		未見	
774	臨期違約恋		用例多数	建春門院北面歌合
777	告女待恋		未見	
778	不告遠行恋		未見	
779	依恋惜余算		未見	
821-823	氷為旅鏡	東山辺にて	林葉620	
880	夜		当代未見	
881	夜聞水声		出観817・818　「夜聞水音」風情353	
896	褫竹到山家		出観835	
906	山家鶴馴	東山辺にて	出観830	
914	海路述懐		未見	
922	海上眺望	広田社歌合	用例多数	
933	歳暮無常		未見	
935	無常不嫌人		未見	

3　教長の古典摂取
——句取りという詠法をめぐって——

はじめに

古今和歌集注釈の嚆矢、教長古今和歌集注（以下、教長注と略称）を著した教長が、実作において、古今集とどのような関係を示しているのかは興味深い問題である。すでに俊成、定家において、古今集本文の制定が実作と有機的に結びつき、その制定は自らの歌論を見据えての行為だったことが、報告されている(1)。

教長は崇徳天皇近臣時代に崇徳院本を書写するとともに、崇徳院周辺で語られた古今集の秘説を洩らさず聞いた、としている（飛鳥井雅縁『諸雑記』）。また、保元の乱以前の崇徳院時代にも再度崇徳院本を書写した。治承元年には守覚法親王に古今集を伝授しているが、この時使用した本文が何であったかは不分明である。教長注には崇徳院本との本文上の違いを指摘した箇所があるが、その指摘自体が顕昭など、同じく崇徳院本の写しを所持する人物から訂される場合もある。また、何故教長がことさら崇徳院本との違いをいうのかも不審である(2)。このように、教長書写の崇徳院本については疑問も多く、稿者もその全容が把握できていない。

教長注の成立に、証本としての崇徳院本の意味、また、崇徳院復権の狙いなど様々な要因があり、純然たる文学的行為と乖離した面があることはあらかじめ予想しておかねばならない。しかしこのことはまた、一人の歌人としての教長と古今集というものを対峙させた上での考察を排するものではない。

教長の歌風を論じた考察は少ない。松野陽一氏は「歌学者らしく古今集以下の古典をよくこなした伝統尊重主義者で、作風は平板」（『和歌大辞典』「貧道集」の項）と概括された。教長の歌は貧道集に九七九首（長歌、及び他歌人の詠を含む）を収めるほか、若干の家集未入集歌を拾うことができる。そのうち、古今集歌の影響下にあるとみられる詠は、実は意外に少ない。むろん影響とはいっても、歌人の意識に立ち入って正確に関係を認定することは困難で、いわゆる参考歌というかたちでの特定しか当面はできない。この方法自体が問題の解決を掣肘する部分があることは否めないので、若干の不安があることは認めたうえで数を拾えば、私見では古今集の影響下にある歌は約五十首である。この数は、堀河百首、金葉集歌など、堀河院時代の和歌を参考に詠まれた歌に比較すると、後述の歌合歌との関係性が、むしろ目立つほどに少数といってよいと思う。その関係の実態については後述するが、古今集注釈を初めて行ったということと、実作とは必ずしも有機的な関係にないのではないか、というのが率直な印象である。

以上の見通しのもとに、実作に即して古今集との関係を見てゆくこととする

一　古今集の摂取

仁安二年八月に行われた経盛歌合で、教長は次のような歌を詠んだ。

　秋萩の枝もとををにおく露のはらはばあやな花や散りなん（草花）

判者は清輔で、自詠と合わせたこの番で、教長詠に対して以下の判詞を示した上で、勝負をつけなかった。

右、古今集に、をりてみば落ちぞしぬべき秋萩の枝もとををにおける白露、といふ歌にや似て侍らん

教長詠が古今歌に似すぎていることを難じたと思われるのだが、この歌は貧道集に入っていない。経盛歌合での詠は五首で、他の四首はすべて貧道集に入っているから、この歌を入れなかったことには相応の理由があろうと考えられ、歌合で事実上の負歌だったことが理由かとも一応は考えられる。ところが、貧道集にはこれと酷似した歌がみえる。

秋萩の枝もたわわに置く露をいとふものからはらはでぞみる（339）

339歌は、松野氏が長承内裏十五首での詠とされるもので（同氏『藤原俊成の研究』第二篇第一章）、実に三十年以上前の初学期の詠である。この詠のあることから、類似の一方を入れなかったのではないかとの推測もまた可能であろう。しかし貧道集を通観すると、この程度の類似歌は多数認められ、それが隣り合って配列される場合もあって、それ故に一方を除くとも考えにくい。結局経盛歌合での詠が貧道集に入れられなかった理由については断案を得ない。

ただ、如上の事実からは、次のようなことがいえるのではないか。教長は先行歌を似すぎといわれるほど取る傾向があったこと。その行為は歌人としての晩年においても続いていたことである。さらに経盛歌合詠と339歌を比較すると、古今歌から取った箇所が同じで、それを置く位置も初二句と共通している。このような方法は、教

長における古典摂取の特徴を解きほぐす糸口となるのではないか。

以上古今集との関わりの一端を示したが、実作において、古今歌はどのように扱われていたのであろうか。教長歌の中で、古今歌を参考に詠まれたと思われる歌は、私見では約五十首である。これを少し類型化してみると以下のごとくである。

甲　古今歌をある程度消化して詠まれたもの。

乙　古今歌の歌句をほとんど変えずにとりこんでいるもの

①　一句

②　二句未満

③　二句以上

甲

4春立てばこほりの涙うちとけて今日ぞなくなる谷の鶯

52鶯の初声きけばこおりせぬ心さへにもうちとくるかな

雪のうちに春はきにけり鶯のこほれる涙いまやとくらん（4）

乙①

297おく露にもとくだちゆく瞿麦はまがきのよもにさきぞかかれる

901雨ふれば軒の雫にくれたけの枝もたわわにもとくだちゆく

笹の葉に降りつむ雪のうれをおもみもとくだちゆく我さかりはも（891）

乙② 748小車の錦のひものとけばこそ君がゆききをたのみしもせめ
逢坂の夕つげ鳥にあらばこそ君がゆききをなくなくもみめ（740）

乙③ 157夕暮れにかへらましかば雁をここぞとまりといはましものを
水の上に浮かべる舟の君ならばここぞとまりといはましものを（920）

甲は古今歌4をかなりの程度自らのうちに内在化させて詠んだと思われる例で、それゆえに古今歌を敷衍して鶯の有様を詠む4歌と、初音を聞く者の立場から詠む52歌という詠み分けも可能だったのではないか。乙①は、「もとくたちゆく」といういわば難語にこだわった形跡を示す例である。この語は、綺語抄で「あかつきくたち」「よくたち（て）」が掲出され、その後「もとくたちゆく」が奥義抄で言及される。しかしこの時期実作に用いられた例は管見に入らない。乙②は古今歌の四句を取り、結句の命令形も古今歌のリズムを生かしているのだが、初二句は童蒙抄（ヲグルマノニシキノヒモノトケムトキキミモワスレヨワレモタノマジ）、奥義抄（をぐるまのにしきのひもをときたればあまたねもせずきみひとりなり）など、院政期の歌学書がこぞって言及する「小車の錦の紐とく」によっているのだろう。この二首が結び合わされるには、「君」という語が呼び水のように作用していると思われるが、「小車の錦の紐とく」は堀河百首あたりから急速に用例の増加する歌句であり、時代的には古今時代と堀河院時代が無造作に合わせられている感が否めない。それは教長の歌が先行歌の歌句を取り合わせただけに終わっているからであろう。乙③は古今歌の下句をそのまま使用した例。このような用法は、いわゆる常套句として定着してゆく句との区別がつけにくく、いきおい数量的なものに依存せざるをえない。ちなみに「ここぞとまりと」という歌句を使用する歌は新編国歌大観を検する限り二一例を拾いうるが、「いはましものを」を併用する例は見出せない。

このように古今歌の取り方をおおまかに分類した結果、古今歌を参考に詠まれた五十余首は、以下のようになる。

甲	8
乙①	13
乙②	21
乙③	9

すなわち、教長が古今歌を取る場合の多くは、歌句の単位であること、その歌句は変更されることなく自詠に使用されていることがわかる。

古今歌の摂取における教長の方法は、見たごとく仮に句取りとでも呼称すべき方法が主流であった。句取りという行為は、先行歌が歌句の単位で意識されており、歌句そのものの内側に入り込んでの古典摂取には到っていないこと、換言すれば、歌句が固定的に認識されていたことを語っている。

次に、こういった詠法が、対古今歌に限られたものであったのか、また、教長独自のものであったかを検証してみたい。

二　久安百首勅撰入集歌をめぐって

久安百首は、教長の千載集入集歌十首のうちの七首、勅撰入集歌の四割近くを占め、数値的には教長の代表的歌群といってよいだろう。その久安百首においても、やはり先行歌から句取りする割合は高いものがある。たとえばさきに示した分類の乙②に相当するのは、百首中の三四首にのぼり、むしろ古今集摂取の割合よりも高い。一例をあげる。

常夏の花のいろいろ散りゆくは秋のとなりや近くなるらん（294）

よもすがらおきける露のすずしきは秋のとなりや近くなるらん（赤染衛門集311）

しかし、こういった剽窃ともいいうる詠法は、教長特有のものではなかったようだ。たとえば同じ久安百首において顕輔が、堀河百首を「大いに参考にした模様」で、「剽窃と評されてもやむをえないほど」の歌を詠んでいることについては安田純生氏の論がある。(3)その顕輔が撰んだ詞花集に、教長の久安百首詠が一首入集しているが、それは次の歌である。

ふるさとに問ふ人あらば山桜散りなんのちを待てとこたへよ（816）

この歌はおそらく、後に千載集に入った次の歌によっているだろう。

ふるさとに問ふ人あらば紅葉ばの散りなんのちを待てとこたへよ（和歌一字抄678　素意）

これについては、早く樋口芳麻呂氏が言及されている。(4) 氏は、教長詠の詠出経緯について、「素意の歌の紅葉を教長は山桜にすりかえた疑いが濃厚である」とされ、俊成は「素意の歌を換骨奪胎して久安百首に詠進した教長のずるい心根や、又そのような歌であることに気づかずに詞花集に選入している顕輔の不明さをとがめ」、「素意の作こそオリジナル」であり、「その名誉を回復」しようとしたのだ、とされた。

顕輔が素意の歌を知らなかったかどうかは確認できない。しかし安田氏が指摘された顕輔の詠法は、さきの教長歌を否定するものでないことはいえるだろう。むろんそれを勅撰集に入れるということについては、また別の問題があるだろうが。

ちなみに、教長の久安百首詠から、千載集に入ったのは、以下の七首である。

山桜かすみこめたるありかをばつらきものから風ぞしらする（91）
たづねてもきくべきものを時鳥人だのめなる夜半の一声（223）
秋の中はあはれしらせし風の音のはげしさそふる冬はきにけり（530）
いかばかり恋路はとほきものなれば年はゆけどもあふよなからん（705）
恋しさは逢ふをかぎりとききしかどさてしもいとど思ひそひけり（718）

はかなくぞ三世の仏と思ひける心ひとつにありとしらずて（850）
てる月の心の水にすみぬればやがてこの身に光をぞさす（851）

このうち、223歌は、二、三句に先行歌の句（「郭公うひたつ山を里しらばこのまゆきてはきくべきものを」（好忠集496）、「さだかにもきくべきものを郭公鳴の羽音にまがひぬるかな」（成仲集21）、「こころみに空にかよひて郭公人だのめなる音こそなかるれ」（馬内侍集66）、「郭公人だのめなる音をききてあやめもさめてあかしつるかな」（元輔集155）など）を取って構成される点、教長歌の特色を示している。ただし先行歌においてすでに同一歌句の使用が複数認められるから、常套句に近い面が認められるかもしれない。91、530はほとんど先行歌の句取りをしない上に、「つらきものから」「はげしさそふる」といった斬新な表現を用いる。また705は「いかばかり…物なれば」という型を、おそらく和泉式部の歌（「いかばかり秋はかなしきものなれば小倉の山のしかなきぬべし」和泉式部集362）から学びながらも、季から恋に転じて、一首を律動的に仕立てている。718歌は、古今歌（「我恋はゆくへもしらずはてもなし逢ふをかぎりと思ふばかりぞ」611）を契機に一首を構成している点が他の句取りの詠と異なる。この方法は俊成もよく用いたもので、先行歌を受けて敷衍する、すなわち先行歌を内的に取り込んで詠ずることに成功しているのではないか。

以上の入集歌をみるかぎり、俊成は教長の句取りを容認しているとは思われない。俊成の久安百首については、先学の論考が様々の角度から積み重ねられている。当面本節のねらいに即して限定的に述べることしかできないが、同百首で俊成が先行歌から二句以上を取った歌は十三首である。しかし実態は、地名にかかわる表現（2、8、22など）、掛詞を含むことによる連続句（54など）、俊忠の歌を意識的に取ったと思われる場合（36）であって、相応の理由がそこにはあるように思われる（なお後述）。

三　句取りをする歌人たち

さて、先行歌の一部をそのままに自詠に取り込んで詠歌するという方法が、教長には顕著に認められることを述べてきた。さらにそれが同時代の他の歌人にも認められる可能性を顕輔が示している。この辺りの状況をいま少し具体的にみることとしたい。

A五月雨はみづかげ草のみがくれて底の玉もとなりにけるかな（272）
　五月雨は川ぞひ柳みがくれて底の玉もとなりにけるかな（散木奇歌集301）

B思ひねの夢にやきかん郭公まだうつつ（卯月—久安百首百首本）にはおとづれもせず（221）
　おどろかす声なかりせば郭公まだうつつにはきかずぞあらまし（金葉二度本115　実行）
　つれづれのなぐさめにせし郭公それだにいまはおとづれもせず（為忠家後度百首225　親隆）

Cいとどしく人もとひこぬ山里にをやみだにせぬ五月雨の空（269）
　かくばかりをやみだにせぬ五月雨にいかでか田子のさなえとるらん（在良集4）
　おぼつかなをちかた人やいかならんをやみだにせぬ五月雨のころ（弁乳母集59）
　ふりはへて人もとひこぬ山里は時雨ばかりぞすぎがてにする（堀河百首910　肥後）

さらぬだに人もとひこぬ山里にあやにくなれやけさの初雪（永久百首344　顕仲）

五月雨のをやみだにせぬ時しもぞいとどさらせる布引の滝（270）

Dほにいでてまねくとならば花薄すぎゆく秋をえやはとどめぬ（524）

ほにいでてまねくとならば花薄なにかしのびの岡にたつらん

（永久二年大神宮禰宜歌合　すすき　よみ人しらず——夫木抄4353詞書）

Eたちかへる年のゆくへをたづぬればあはれ我が身につもるなりけり（631）

くれはつる年のゆくへをたづぬれば我が身につもるおいにぞありける（久安百首660　親隆）

F野辺ごとにはたおる虫の声すなり吹く秋風や夜寒なるらん（467）

秋風や夜寒なるらん野辺ごとにはたおる虫の声いそぐなり（月詣738　中原有安）

G今よりはかきとたのまじ卯花の咲けばてごとにをりすかしけり（206）

いまよりは卯花かきは宿にせじゆきかふ人のをりすかしけり（承安五年三月重家家歌合　重家）

H春雨のふりしむままに青柳の糸につらぬく玉ぞかずそふ（79）

春雨は降るともなくて青柳の糸につらぬく玉ぞかずそふ（寂蓮法師集126）

掲出したのはそれぞれ典型的な例である。Aは俊頼詠から四句までを取っている。俊頼に限らず、堀河院歌壇期の歌人からは、表現、素材の両面で大きな影響を受けているが、表現面においては、このような句取りという場合が多い。Bは複数の歌の歌句をもって三、四、五句を構成している。また、「思ひねの夢」に「郭公」を合わせる歌はこの時期急速に増えており、教長詠もその流行の中にあったと思われる。Cも同様の例。教長は270歌でも「五月雨のをやみだにせぬ」と詠んでいる。ここには先行歌から特定の句を取る詠法が、表現の固定化を来して拘束する様がみて取れるように思われる。両首の詠作が時期的にどんな関係にあったかは判然としないものの、降り続く五月雨が「をやみだにせぬ五月雨」という表現に逢着する道筋がいったん形成されると、新たな歌を詠む際に、幾度もその道筋に引き込まれるのである。また270歌の「いとどさらせる」は、他に用例のない句だが、おそらく269歌の「いとどしく」と何らかの関係があるだろう。ここでは教長自身が表現を拘束していることになるが、こういった現象を招くのは、彼の詠法にあったといってよい。教長の歌に、同一句がきわめて多い理由はここにあるだろう。Dも先行歌より三句を取る例。この歌は風雅集（巻七秋下696）に入る。『風雅和歌集』（三弥井書店、昭49）は参考歌に古今集の「秋の野の草の袂か花薄ほにいでてまねく袖とみゆらん」（243）をあげる。もちろんそうなのだが、はたして教長自身の意識に即してみた時、古今歌が直接の典拠か疑問である。おそらく教長は大神宮禰宜歌合の歌に拠り、さらに堀河百首匡房詠の「花薄ほにいでてまねくころしもぞすぎゆく秋はとまらざりける」を取り入れたのであろう。Dから看取できる問題は二つある。一つは、教長が相当広範な詠歌史料を所持していたか、あるいは見聞していたであろうことである。貧道集の中には、歌合の歌に拠ったと思われる詠がかなり認められる。大神宮禰宜歌合も夫木抄によってその存在が判明するのみで証本はない（『歌合大成』二七二参照)。家集に関しても、散木奇歌集、江帥集はいうに及ばず、高遠、経衡、安法など、多彩な集をみていた形跡がある。むろん『拾遺古今』を編み、崇徳帝御前での和歌談義にも欠かさず加わっていたというのであるから、異とするには当たらないが、そのことが詠作にきわめて直截に反映している点は注意してよいのではないか。いま一つの問題は、この場合でいえば古今集との関係である。D歌の淵源が古今歌にあることはいうまでもない。「花薄ほにいでてまねく」は古今集の確立した表現であった。おそらく歌合歌も匡房歌もその史的展開の中にあるものであろう。しかし教長がD歌を詠む際にそのことは想起されたであろうか。つまりその時教長に史的意識はあったであろうか、ということだ。仮に教長の意識が、歌合歌、また匡房歌の辺りで途切れていたとすれば、そしてその可能性は高いように推測するのだが、教長にとって古典とは何であったかを問わねばならなくなる。俊成によって揚言された古今集本体論、また本節のテーマに即していえば、定家によって確立された本歌取り論の後、教長の影が次第に薄くなってゆく理由はこの辺りにあったのではないかと推測する。Eは同じ久安百首の中で酷似した歌がみられる例。こうしたことは早く堀河百首、為忠家両度百首などにもあることが指摘されている。Fも同時代の歌人の詠と酷似する例。この場合はどちらが先行するかを特定する資料は未見である。また有安とどのような関係にあったかもつまびらかにしない。(5)GHはいずれも教長詠が取られたと思われる例。二首とも歌合歌であり、寂蓮詠は三百六十番歌合にも入るが、作者名は式子になっている。

これらの例をみると、先行歌を取ることが教長に限っていたわけでないことは歴然としている。また、取り方も歌句を温存したままであることが多い点も注意される。これらは、剽窃、あるいは安易な詠法といってよいだろうが、問題はなぜこうしたことが起きたのかという点にある。如上の詠法は、歌を詠む際に、素材としての詞が、歌句の単位に固定された状態で意識されていたことを示唆している。こういう意識のあり方は、歌人が先行歌の表現以後にまでしか辿りついておらず、表現する心の階梯を共有する、あるいは追体験して内在化するに到っていないことを語っているのではないか。このあたりの機制を、教長の歌二首からいま少し具体的に追ってみることとしたい。

子日する人なき野辺の姫小松霞にのみやたなびかるらん（19）
みやぎもり春は檜原にてもかけで霞にのみやたなびかるらん（32）

19歌は久安百首、32歌は詠時不明。いずれも下句は

とりつなぐ人もなき野の春駒は霞にのみやたなびかるらん　藤原盛経
（橋本公夏筆金葉集二度本22、詞花集初奏本11、続詞花集22）

によっている。盛経詠は、「霞が春駒を引くと言い掛けたところが興」（新古典文学大系『金葉和歌集・詞花和歌集』）といわれるように、「霞にたなびかれる」という受身表現をすることによって、「春駒が引かれる」意味を併せ持ち、「ひく」が掛詞として機能する。そこに盛経詠の趣向があるわけだが、教長の19歌も基本的には「霞が小松を引く」という趣向で成り立っていよう。「人なき野辺」は後世に一例をみるのみの句だが、たとえば、

子日してしめつる野辺の姫小松ひかでや千代のかげをまたまし　藤原清正
（和漢朗詠集33、新古今集709）

などを念頭に「人もなき野」を変容させたものであろう。結局19歌は盛経詠の趣向をそのまま借りて子日の歌に仕立てたにすぎない。一方32歌は、盛経詠の趣向を成立させている「霞が〜を引く」に相当するものはなく、ただ「霞にたなびかれている」という受身表現だけが残っている。さらに「てもかけで」は

宿近き山田のひたにてもかけで吹く秋風にまかせてぞみる（後拾遺369、和歌一字抄592）
五月雨は小田の水口てもかけで水の心にまかせてぞみる（金葉139）

によっているだろう。「てもかけで〜まかせてぞみる」は一種の定型表現だが、右の二例以外には用例をみない。また「てもかけで」単独の使用例は32歌のみである（「まかせてぞみる」の単独使用例は若干ある）。つまり32歌は、下句を盛経詠から、三句を右の二首からとった、いわば取り合わせの歌である。その結果盛経詠の趣向は形骸化し、「てもかけで」は定型の半分だけが使われることになった。あるいは教長としては「まかせてぞみる」を「霞にたなびかれている」という受身表現に吸収させたのかもしれない。しかし、定型の一部のみを取り出しても、読み手は自ずと定型へ誘われるから、一首の印象は分裂せざるをえなくなる。「霞にのみやたなびかるらん」は教長の用例以外には一例しか管見に入らない（為広集4）。「てもかけで」もほとんど用例がないことをみれば、これらの歌句が取り入れにくいものであったことは明確である。その意味で盛経詠から置き所も変えず二句までを取り、定型の一部をそれに併せ取り込むことが、突出した行為であることは否定できない。

19、32歌は、教長の詠法の特色をきわめてよく示している。まず、先行歌の句をそのまま取ること、その結果

趣向においても先行歌以上のものを打ち出せないことが多いこと。次に、複数の先行歌から句を取った場合、一首の印象が分裂しやすいこと。そして同一歌からの句取りを一度ならず行うこと。このことは特定の先行歌が教長の中に根付いていたことを示唆するが、それは趣向よりはむしろ、完成したかたちとしての句であったようだ。こういった言語感覚が、先行歌の句であるか否かにかかわらず、同一句がくり返し使用される原因であろうと推測される。この二首の場合、教長の拠った先行歌が、他の歌人の拠らない歌であったため、教長の詠法が突出してみえるが、こういった方法が教長に限ったものでないことは既述のとおりである。19歌は今撰集にも入り、相応の評価は得ていたものと思われ、その基底にはこのような詠法を容認する状況があったとみなければならない。

四　俊成の位置

一方久安百首における俊成は、先行歌の歌句を取ることに自覚的であったと推測されるのだが、実作に即して彼の位置をみたい。

あぢきなや何とて花の惜しからん我が身は春のよそなるものを（13）

この歌は「光なき谷には春もよそなれば咲きてとく散る物思ひもなし」（古今集967　深養父）を参考歌として詠まれたものであろう(6)。沈淪の嘆きを落花に寄せて詠む趣向は同じであるが、表現的には「春のよそなる」を取るのみで、それを「何とて〜らん」という嘆きの表出の低奏としている。深養父の嘆きに自らのそれを重ね合わせて、そのことを「春のよそなる」身によって示していることになろう。しかし、完了した表現の内側に同化してゆこうとする俊成の苦心は、たとえば重家の次の歌にやすやすと句取りされてゆく。

今年さへ何とて花の匂ふらん春はよそなる宿となりにき（重家集259）

重家詠は長寛元年（一一六三）春頃と推測される範兼との贈答歌である（この頃重家は官を解かれて籠居していた）。

句取りの多かった教長も、秀抜な表現は試みている。三井寺新羅社歌合に寄せて詠んだかと推測される[7]「湖上月」題の詠。

秋の夜は志賀のうらわに月さえて氷をよすとみゆるさざ波（427）

この歌は特定の歌からの句取りは認められず、「氷を寄する」という表現は教長以前に管見に入らない。これより三十年近く後、俊成は次の歌を詠んだ。

月の影しきつの浦の松風にむすぶ氷をよする波かな（建仁元年八月十五日撰歌合　月前松風）

その直前、後鳥羽院は千五百番歌合において

ます鏡みるめの浦の夜半の月氷をよする秋のしほかぜ

を詠み、建保期に範宗は教長詠を本歌として

秋の夜はてる月なみのかげながら氷をよする志賀のうら波

（建保四年八月十五夜内裏三首歌会　湖上月、範宗集324）

を詠んだ。俊成詠は教長の表現を「むすぶ氷をよする波かな」と句割れにして用い、志賀を「しきつの浦」に変えてその縁から「松風」を吹かせている。こういった点は、教長詠を取り込みながら、一定の工夫を加えているといえるだろう。

如上の例は、教長をはじめ他の歌人たちも、時に斬新な、すぐれた表現を生み出していた事情を語るが、先行歌をどのように自らの中に取り込んで詠歌するか、あるいはどこまで先行歌の表現以前の心に同化していくかについて意識的であったとは考えにくいものがある。つまりは真正の古典主義とはどのように具体化されるべきかについての方法的自覚において、やはり俊成は一頭抜き出たものを持っていたのではないか。

五　句取りという詠法

さて、縷々述べてきた句取りの問題については、先学の研究も多い。百首歌、あるいは個々の歌人についての考察は、必要に応じて引用するにとどめたが、この問題について総合的に検討されたのは佐藤明浩氏である（同氏、「「近頃の歌」との類似をめぐって―平安後期～鎌倉初期の意識―」『和歌史の構想』〈和泉書院、平成2〉所収）。氏

は類似歌を史的に俯瞰され、最終的に本歌取り論、主ある詞の使用禁止という明文化された方法論に到る道筋を示された（なお、氏の使用された「類似歌」という語は、実態的には「歌句の一致、類似」を指しており、稿者の使用した「句取り」という語とほぼ重なるものと考える。また、谷山茂氏はこれを「等類歌」とされた。ただ、「類似歌」の場合は、詠者の意識よりは評価の場に即した呼称であるのに対し、「句取り」は詠者の意識により即した呼称である。私見では、教長の場合はむしろ「句取り」と称した方が問題の所在が明確になるであろうとの立場から、仮に使用するにすぎない）。

氏の論旨は、類似歌がどのように評価されてきたかを検証する点にあったが、本節ではその問題を教長の詠法という視点から考察し、句取りの実態をたどるとともに、なぜそのような詠法がとられたのか、またそれが禁じられていくのはなぜかを、詠作の立場から考究することを意図した。

佐藤氏の考察によれば、類似歌が初めて否定的に評価された承暦二年（一〇七八）内裏歌合以降、その評価に微細な違いはあるものの、おおむね否定の方向で推移した。やがて俊頼から「歌の主」という言葉が発せられるから、類似歌を詠むことにオリジナリティの侵害と捉える見方のあったことが知られる。

こうした否定的見解がありながらも依然として類似歌は詠まれ続ける。そして、今日的立場からは、類似歌をある程度認容する見方も提示されている。その一は、先行歌の詠者への挨拶的意義を認める場合。(8)その二は、特定のグループ内での、表現の琢磨の過程から類似歌が生まれる場合。この場合はこれを禁ずることが却って和歌の展開を阻害するとの見方がある。(9)教長に即してみるならば、一については確たる例を見出せない。二は、崇徳院歌壇、仁和寺歌壇、歌林苑などの場で、活発に認められる現象である。

教長の句取りの状況を詠作に即していえば、

・先行歌の歌句を、全く変更せず、句の単位で取る場合が多い。
・句取りの量は、一句から四句まで様々である。
・句取りの対象は、万葉歌（歌学書に引用された歌を除く）以外のすべての撰集、家集、歌合に及び、ことに堀河院時代の作に拠ることが多い。
・こうした詠法が特定の時期に集中するわけではない。

というようにまとめることができる。

次に、なぜ句取りを行ったのか、その詠作意識はどのようなものであったのだろうか。この問題を考える際に参考になるのは、教長自身の詠の中に同一歌句が多いことである。先行歌の句、自詠の句に限らず、一旦形成された表現としての歌句が、教長の中に句という形のまま定着し、それがしばしば使用された事情がうかがわれる。また、複数句を用いる場合、比較的句順や置き所が保存されることが多い。

先行歌を教長のような方法で取ることについて、彼自身がどのように考えていたのかを明確に語る資料はない。しかし、経盛歌合での自詠に対する清輔の判詞、また親炙した俊頼に「歌の主」という言葉があることから推せば、当時の歌人が教長同様に句取りという詠法をとっていたにせよ、そのことが積極的に認められるものでないことは自覚していたはずである。にもかかわらずこれだけ多くの句取りを行った事実は、それが教長にとって詠法の根幹に関わる変更不可能なものであったことを示唆してはいないだろうか。

句取りに仮に積極的意味があるとすれば、それは何であったのか。句取りという行為を、詠者の側に立って論じたものは少ない。なかで、後年のものではあるが、八雲御抄は隆信の例をあげて、老耄ゆえの忘失を指摘している。これは先行歌と自詠の区別がつかなくなり、自らが新たに詠出したものと思い誤る場合である。また久保田淳氏は、「愛唱」しているうちに自詠と誤る可能性を指摘されている。(10) 教長は老耄の時期以前から句取りをしているけれども、「愛唱」という問題を考慮すれば、詠法の由縁が少しはわかりやすいのではないか。

句取り、あるいはこれも教長がよく用いた特定の型（例示したものでは705歌）を踏襲することは、既存の何かの繰り返しである。愛唱の根底には親和があり、それが定着して繰り返されるのである。この定着と愛唱の過程は、和歌というよりはむしろ歌謡の領域に近い行為ではないだろうか。教長の意識に、歌句が音律的に定着したのか、あるいは文字として視覚的に定着したのかはわからない（衆知のごとく教長は能書家としても著名であった）。また彼が歌謡に格別親しんでいたのかも不明である。ただ、教長の歌には、「げにやさぞ」（189 401）「そそやふく」（309）「なさけあれや」（416）「まことにこれや」（469）「おもふかつがつ」（664）「しづやしづ」（626）「われやわれ」（671）「けふはすがらに」（972）といった口語的、律動的な句がある。こういった表現は西行のそれと通じるものがあるが、この個性を西行ほど徹底し伸長させようとした形跡は認められない。ただ教長の資質の中に、歌謡的とでも名付けるべき傾向があり、そのことが詠法に何らかの作用を及ぼした可能性を指摘しておきたい。

しかし俊成を対置して考察したように、こうした詠法が、繰り返しであるがゆえに新たな表現を生まないこと、安易な剽窃に滑り落ちる危険が足元に迫っていることはいうまでもない。ことに教長の句取りの主たる対象となった堀河院歌壇の詠は、和歌史的には歌語の開拓に重点が置かれた時代と、一応は単純化してみることができよう。そこに若干の行き過ぎや等閑視された問題もあったはずで、平安最末期の和歌は、これらを見据えた是正が必要であったはずだ。そのようにみるならば、この時期における教長の詠法は、堀河院歌壇の達成を費消するのみに終わる可能性がある。

先行歌に似すぎているということの意味を、表現の所有の問題に帰結させても意味はないだろう。それよりは、先行歌の歌句を結び合わせるのみの構成的詠歌法が何を欠落させているかを知り、それをどのように回復してゆくかこそが、この時代の課題であっただろう。いまだ俊成は確たる策を示していない。ただ句取りを回避しようとする姿勢を、実作と評価の場で示すにとどまっている。そして、後年六百番歌合で示した、「撰集之外」の歌については類似するもやむなし、との言も、あくまで評価の立場から発せられた限定的、過渡的方策でしかなかったのではないだろうか。

結　語

このようにみると、古今集注釈を著した行為と詠作との関係はどうであったのかが問われるだろう。まず、教長の歌が、古今集歌よりは堀河院時代の歌、あるいは金葉集歌を圧倒的に多数摂取していることが注意される。ことさら古今集を注釈する内的必然性を実作からは読みとりにくいのである。ただ、俊成についても、久安百首において俊頼の影響が大きいことが指摘されている(11)。この時代実作の場で俊頼たちの影響が依然強いことは教長に限ったことではないのかもしれない。とすれば、いまだ古今集は実作の場とは少しく位相を異にする場で、権威としてのみ機能していたのではないか。そのこととともに、崇徳院本の存在が、ことさらかつての近臣教長をして初の古今集注釈を行わせるよう仕向けた可能性は高いように思う。そしてその注釈が、「作中主体になり代わり、歌の抒情を…たどり直し」「歌を再話しようとし」たことに特色があるとの指摘を受けるならば(12)、実はそれこそが教長の古典摂取全般に欠落していたものではなかったか、という印象を払拭できないのである。

教長注の成立には様々の要因が予想できるのだが、それにしても、教長注を通読するならば、確かに古今歌に同化してゆこうとする姿勢が顕著であり、表現に対しても、言い換えや技法の解読などがされている。これは本節の論旨に即していえば、表現以前に立ち戻り、表現の生成過程を共有しようとする行為といえるであろう。そのようにみるならば、詠作との分裂は深刻であり、方法論を獲得しえないまま、句取りという隘路に呻吟していた可能性もまた否定できない。享受と創作を一元化させえない状況は、はたして教長一人のものだったのだろうか。盛んに行われた句取りという詠法の横溢をみる時、平安最末期の和歌は、なんらかの方法的活路を求めていたように思われる。

注

（1）西下経一氏『古今集の伝本の研究』（明治書院、昭29）、片桐洋一氏「古今和歌集本文臆見―俊成本・定家本の成立を中心に―」（『国語国文』38-6、昭44・6）、『古今和歌集の研究』〈明治書院、平3〉に収録。浅田徹氏「俊成本古今集試論―伝本分立の解釈私案―」（『和歌文学研究』66、平5・9）、「定家本とは何か」（『国文学』40-10、平7・8）

（2）紙宏行氏「古今集注釈史の始発―崇徳院御本をめぐって―」（『文芸研究』145、平10・3）

（3）同氏「藤原顕輔の和歌―『久安百首』の作品について―」（『講座　平安文学論究』第三輯〈風間書房、昭61〉所収）

（4）同氏「千載集三五七の歌について」（『和歌史研究会報』35、36合併号、昭44・12）

（5）中原有安については、簗瀬一雄氏「中原有安覚書」『俊恵及び長明の研究』第二部第一章（私家版、昭38）、三木紀人氏『閑居の人　鴨長明』（新典社、昭59）に詳しい。また、無名抄に次のような記事があり、注意される。千載集に自詠一首が入り喜ぶ長明に有安が語った言葉の中に「此集を見れば、させる事なき人々、皆十首、七、八首、四、五首入れる類多かり。かれらを見る時は、いかばかりいやましく思はるらんと推し量るに…」という一節がある。千載集に対する不満を表明したものだが、ここにいわれる十首、七八首などの入集数は、無意味にあげられた数なのであろうか。十首入集しているのは公能と教長の二人である。無名抄については、他にも考えるべきことがあるが、有安に関しては、右の疑問を呈しておきたい。

（6）川村晃生、久保田淳氏『長秋詠藻／俊忠集』（和歌文学大系22、明治書院、平10）

（7）第二章第二節参照。

（8）渡辺晴美氏「元永二年七月十三日内大臣忠通歌合について—忠通家歌壇と顕季の交流を中心に—」（『和歌文学研究』56、昭63・6）

（9）竹下豊氏「『堀河百首』の成立事情とその一性格—堀河百首研究（一）—」（『女子大文学　国文篇』36、昭60・3）。佐藤明浩氏「『為忠家両度百首』に関する考察—詠作の場の問題を中心に—」（『語文』57、平3・10）

（10）同氏『新古今和歌集全評釈』三（講談社、昭52）、606歌注。

（11）久保田淳氏『新古今歌人の研究』第二篇第二章（東京大学出版会、昭48）

（12）浅田徹氏「教長古今集注について—伝授と注釈書—」（『国文学研究』122、平9・6）

第三章　後鳥羽院とその周辺

1　鳥羽殿の「秋の山」

はじめに

同じき三月十六日、少将鳥羽へ明うぞ着き給ふ。故大納言殿の山荘、洲浜殿とて鳥羽にあり。……庭に立入り見給へば、人跡絶えて苔深し。池の辺を見廻せば、秋の山の春風に、白波頻りに折りかけて、紫鴛白鷗逍遥す。

（平家物語巻三少将都還）

「秋の山」は鳥羽殿南殿の北に築かれた小山で、応徳三年（一〇八六）白河院によって「離宮が造営されたころに構築された築山」といわれる。[1]「秋の山」が四季庭構想のもとに築かれたものなのか、また具体的にどのような形状であったのかを確認することはできないが、もと鳥羽離宮庭園の一部であったこの築山は後世歌枕として定着し、さらに冒頭に引用した平家物語の他、謡曲等でも鳥羽と関わって用いられるのである。

ただし、歌枕書の類を見れば明らかなごとく、〈秋の山〉を詠んだ歌はいずれも鎌倉期以降のものであり、造営後一定の時期を経て定着した歌枕であったことがわかる。

歌枕を表現論の見地から明確に位置付けられたのは片桐洋一氏であるが、[2]氏の説にそって「秋の山」を考えるならば、「秋の山」がどのような本歌によりどのような観念と結合したのであったか、をまず問わねばならないであろう。

造営後の鳥羽殿では歌会も行われた。永久四年（一一一六）白河院鳥羽殿北面歌合が著名である他、寛治元年（一〇八七）、嘉承二年（一一〇七）にはそれぞれ「松影浮水」「池上花」題のもとに和歌が講ぜられた。しかし、院政期に「秋の山」が詠まれた例は管見に入らない。歌題に見るごとく、多く詠まれたのは、池、松、花などで、水閣ともいうべき鳥羽殿の実景を詠むとともに、その主題は以下に示すごとく祝言性にあった

千歳へて花さく松のいとどしくのどけき水に影ぞうつれる（師実　松影浮水）
千代をへてそこまですめる池水にふかくもうつる花の色かな（宗忠　池上花）

「秋の山」を詠んだ歌が散見するようになるのは、後鳥羽院政期に入ってからである。

つたへくる秋の山べのしめのうちに祈るかひあるあめのしたかな　後鳥羽院（1）
霧はるる鳥羽田の面をみわたせば行するゑとほき秋の山里　家隆（2）
鳥羽田ゆく雁の涙のちるなべに秋の山べの色ことになる　雅経（3）

そこで、後鳥羽院政期以降に焦点をしぼり、「秋の山」詠歌史をたどることとしたい。

一　後鳥羽院と鳥羽殿

後鳥羽院と鳥羽殿の関係は建久末年より始まり、建仁元年（一二〇一）、建永元年（一二〇六）に南北殿修造、新御所造営等があり、城南寺ではしばしば小弓、鶏合、笠懸、連歌が、馬場では競馬が行われた。こういったことは遅くとも承久三年（一二二一）一月までは行われていたらしい（玉蕊承久三年一月二七日）。同年、承久の乱の敗北により院はここで出家、隠岐遷幸となるのである。

鳥羽殿歌会での詠は、建仁元年鳥羽南北殿修造の頃よりのものが判明している（雅経の「鳥羽百首」はその名称から鳥羽殿となんらかの関わりが予想されるが、これを明らかにする資料未見のためしばらく措く）。

建仁元年四月、鳥羽南北殿が修造された。院は三月に一度滞在、四月十九日に南殿に御幸、西殿、北殿を巡見、二二日には修理勧賞の事などあって、二六日には管弦和歌会が行われる。題は「池上松風」。院の他、定家、良経等の詠が判明している。

松風にうちいづる浪の音はしてこほらぬ池の月にこほれる　院
池水に千代のみどりをちぎるらし声すみわたる岸の松風　定家
つた（か）へこしふるき流れの池水になほ千代までと松風ぞふく　良経

明月記によれば、この時の題は二四日に院より賜っており、序は内大臣通親である。鳥羽殿修理にあたったのは通親であり、息通光はその功により従三位に叙せられた。つまり建仁元年の鳥羽殿修造や歌会は土御門一門の主導で行われた。そして「池上松風」という題は院政期鳥羽殿歌会における「松影浮水」「池上花」「翫池上月」といった題をふまえてのものであったろう。三十日には影供歌会、当座歌会が行われる。院は引続き鳥羽に滞在、五月中に城南寺で歌会が行われ(1)が詠出されるのである。(3)当歌会は建永元年五月中に城南寺で行われたもので、題は「社頭祝言」「雨中郭公」「野亭水涼」、詠出者は後鳥羽院の他、家集を検して慈円、良経を確認しうる。月清集1409の詞書に「城南寺にて祈雨の歌会に」とあり、祈雨歌会であったと推定される。「社頭祝言」題の詠のうち、判明する作は以下のごとくである。

行末の流れもつきじ君が代はなはしろ水を神にまかせて　慈円
たみのとも神のめぐみにうるふらし都の南みやゐせしより　良経

「秋の山」が鳥羽にまつわって詠まれた例は、あるいは更に早い時期にあるかもしれないが、当面管見に入らない。しばらく院の「つたへくる」詠を「秋の山」詠歌史の始発に置いて論を進めることとしたい。

(1)は、白河院以来伝えきた「秋の山」のある鳥羽殿の城南寺での祈念が叶ったことを詠じたものである。「あめのした」と祈雨歌会の詠らしく「雨」を詠んではいるが、明らかに「天下」の意味を押出しており、今や天下は自らの意のままであり、鳥羽殿こそはその本拠となる父祖伝来の地との意識が濃厚である。

城南寺は鳥羽殿のほぼ中央に位置し、南殿の北に位置する「秋の山」からは少しく距離がある。院がなぜ「つたへくる」詠で「秋の山」を置いたのか、なぜ城南寺を「秋の山」の注連のうちにあるものとしたのかは疑問である。あるいは「秋の山」を遠望する実景によるかとも思われるが、一首は鳥羽殿の継承をいい、その主たることを宣して神威がわが願いに応える、といった内容の、観念性の強い歌といった印象を受ける。あるいは「水無瀬」の成立に見るように、院の自由な発想がその根底にあったにすぎないのかもしれない。

しかし、院が本当に「秋の山」をそれだけの意味で認識していたと断定する根拠もまたない。では「秋の山」にはどういった意味があるのか、それを考えておくことも無意味ではないだろう。

〔秋の山〕は、片桐氏の言葉を借りるならば、もと「自然的事物」であり、鳥羽殿の「秋の山」であった。「秋の山」はおそらく鳥羽殿という限定的空間に四季庭構想のもとに構築されたことで「自然的事物」であることをやめ、〔秋の山〕と呼ばれるものになったのである。四季庭については先学の論が重ねられているが、この四季庭構想が白詩とかかわっていることを指摘するのは角川古語大辞典である。たしかに白詩においては秋山はまた独自の意味を有する言葉であった。白詩のいう秋山は文集第五二巻の「中隠」に見える。該当箇所を引く(4)。

君若好登臨　城南有秋山
君若愛遊蕩　城東有春園
君若欲一酔　時出赴賓筵

仮に院がこの詩を知っていたとすれば、歌会の行われた城南寺に引き寄せて「秋の山」を添えたと考える余地はあろう。慈円、良経の詠しか伝わらないことを考慮すると祈雨歌会がそれほど大規模なものであったとは考えにくく、院が晴儀の歌会とは異なる気楽さから、ふと城南と秋山の取り合せを楽しんだにすぎないのかもしれない。しかしそれにしても、「城南有秋山」が「君若好登臨」を受ける詩句であることにちがいはない。

以上は、白詩に触発されての想像にすぎない。しかし、院が「秋の山」を鳥羽殿における祝言詠に詠んだことによって、それがどのような観念と結合する可能性に向かうかは自明であろう。

しかし歌枕の成立という問題にもどれば、さらに検討を要することがある。「水無瀬」が「後鳥羽院とその時代を象徴する」「他の歌枕とは異質の特別な政治的意味をもつ歌語」となったことを藤平泉氏が考察されている。(5)また、「水無瀬」の成立が院の周辺の歌人たちによるものであり、「院自身には「水無瀬」に対して特別な意識はなかった」とされた。稿者はこの文脈を、院の無自覚な詠出が歌枕を生みだした、すなわち、「みわたせば山本かすむ水無瀬川」詠が、その鮮烈な印象ゆえに「本歌」となり、「後鳥羽院治世」という観念と結合したこと、またそれが「本歌」を受容した者の側で生じたことを語るものと解する。では、「つたへくる」詠において、院は「特別な意識」なしに「秋の山」を詠んだのであろうか。仮に院が「秋の山」を自覚的に詠んだのであれば、それは「秋の山」と、白河院よりつたえきた鳥羽殿というものの有するすぐれて政治的な観念との結合が予想できたはずであり、そのことはまた「本歌」作者の自覚的な歌枕創出にきわめて近い。しかし、歌枕が「本歌」作者の自覚如何にかかわらず享受者の共通認知によって成立するものであり、この逆ではありえないことは当然であろう。

「水無瀬」成立においていみじくも指摘された院の無自覚性が、〈秋の山〉においても共通する可能性は高い。そしてそのことは一面歌人後鳥羽院を問うことでもあろう。ただ、院の鳥羽殿に対する思い入れは、それはまた治世への意欲でもあるが、おりしも南北殿修造直後とあって強いものがあったと思われる。院政期の政治空間鳥羽殿を、その為政者に対する祝言として詠出する表現方法は、地名に関していえば、とは〈鳥羽・永久〉という詞自体にあるはずだったが、この詠法の定着は、最勝四天王院名所障子和歌以後、建保名所百首にまたねばならない。院がことさら「秋の山」を詠出した背景には右の事情も与っていたのではないか。

二　「秋の山」をめぐって

院が鳥羽殿の「秋の山」を詠んで以来、「水無瀬」に比較すれば本質的に歌枕になりにくい〔秋の山〕は、少しずつではあるものの、鳥羽にある名所として詠出されるようになる。冒頭に引いた、(2)、(3)の詠はおそらくその流れに位置する作とみてよいだろう。(2)は家隆の千五百番歌合詠。後世の歌枕書が多く〔秋の山〕の例歌に引く詠である。雑歌で鳥羽を詠んでいるが、「秋の山里」が〔秋の山〕をいうかについての判断は困難である。慈円の判歌もこの点にはふれていない。ただこの歌が秋歌ではなく雑歌であること、「霧はるる」「行末とほき」に祝意がこめられた可能性も否定できないことから、あるいは(1)の影響下にある歌と位置づけることもできようか。(3)は最勝四天王院名所障子和歌「鳥羽」の詠。この障子和歌における「鳥羽」「水無瀬」の意味についてはすでに論じられているが、[6] (3)自体に祝言性は希薄である。

(2)、(3)から後鳥羽院政期に「秋の山」がどのように詠まれていたかを瞥見したが、たとえば家隆の場合、鳥羽や秋の山を詠んだ歌は以下のごとくである。

名もしるし雲もひとむらかかりけりたが夕暮の秋の山本（前内大臣家百首　遠村秋夕）
秋山のこけぢの露をふみわけて夜ぶかく月の影を見るかな（同　苔径月）
夏かりの鳥羽田のおもは荒れはてて民の煙は立つ空ぞなき

はじめの二首は基家家百首の詠で、「名もしるし」は「秋の山」を詠んだものと思われる。「秋山の」は「自然的事物」としての秋山を詠んだにすぎないか。承久の乱後、鳥羽殿について詠むことは憚られたのか、「名もしるし」を基家の主催した百首でよんでいるのは注意される。「夏かりの」は、「述懐歌あたよみ侍りしとき」との詞書で並べられた六十首余の歌群にあり、乱後の心中を述べたものと思われるが、明らかに後鳥羽院政の途絶と鳥羽殿の衰微を詠んでいる。

「秋の山」がどのように認識されていたかを家隆に即していうならば、家隆は「秋の山」が鳥羽殿の名所であり、院の治世を象徴する観念を有するものであったことを認知し、かつこれを詠出する意図をもっていたと思われる。しかしその家隆にして「秋の山」を秋歌として詠む、あるいは(2)歌のごとく明確な祝言には詠みえていないことは注意される。

一方定家の場合は、管見の限りでは「秋の山」を自詠にとり入れようとした気配はみえない。定家が鳥羽殿を詠んだ祝言詠は以下のごとくである。

池水に千代の緑を契るらし声すみわたる岸の松風（建仁元年四月二六日鳥羽殿初度歌会）
秋の池の月にすむなることのねを今より千代のためしにもひけ（建永元年八月十五夜）
もろ人も千代のみかげにやどしめにとはにあひみん松の秋風（最勝四天王院名所障子和歌）
末遠き鳥羽田の南しめしよりいく世の花にみゆきふるらん（建保名所百首）

また定家には

やすらひにいでけん方も白鳥のとば山松のねにのみぞなく（内大臣家百首）

がある。この歌は万葉集巻四の

白鳥の飛羽山松の待ちつつぞ我が恋ひわたるこの月ごろを（笠女郎）

に拠るものだが、この「飛羽山」（大和の地名か）は奥義抄、八雲御抄においても「山城」の名所とされ、鳥羽山と理解されていたらしい。ところで現在「秋の山」を鳥羽山とする説もある（『京都市の地名』平凡社、昭54）。ただし明月記元久元年五月一日条に、「…参鳥羽殿、明日御狩云々、駆伏見山鹿、可被追入鳥羽山云々…」の記事がある。伏見山は定家も歌に詠んでおり（「伏見山つまどふ鹿の涙をやかりほのいほの萩の上の露」〈最勝四天王院名所障子和歌「伏見里」〉）、能因歌枕以来、歌枕として一般化しているが、「鳥羽山」はこれを「鳥羽の山」と訓むべきか、また地名と訓むべきかは寡聞にして知らない。「秋の山」が鹿を駆り入れる状態にあったのかも判断しがたい。仮に「秋の山」が鳥羽山であるのならば、鳥羽山の有する本歌を否定することになろうから、定家がこれを詠まなかったことは納得できる。いずれにせよ定家の場合、「秋の山」を祝言として明確に鳥羽に結びつけて詠んだ例は管見に入らず、この名所に彼が懐疑的であったことを思わせる。

〔秋の山〕詠歌史を後世からみるとき、「秋の山」の多くは院が詠出したごとき祝言詠としては詠まれていない。こころみに歌枕書に掲載された〔秋の山〕詠をみる。

衣うつ鳥羽田の里のいなむしろ夜寒になりぬ秋の山風　　俊光（文保百首）
白鳥の鳥羽田のほなみ吹きたてても る庵さむき秋の山風　公賢
夕日さす秋の山本霧はれて鳥羽田のいなば露ぞみだるる　尊氏（延文百首）

つまり「秋の山」は祝言詠ではなく、寂漠の秋の景を主題とする歌に詠まれることが圧倒的に多くなってゆく。

また、後世の歌枕書の中には、たとえば千五百番歌合での俊成詠

人とはばいかにかたらん秋の山松の嵐に有明の月

慈円の御裳濯百首中の

月影に衣しでうつ音さえて鹿なきかはす秋の山里

を〔秋の山〕の例歌にあげるものがある。私見によればこれらは「自然的事物」としての秋の山を詠んだにすぎないものである。しかしこれらの書が〔秋の山〕成立の時期を誤認したことには、相応の意味があろう。

秋の山は、ある時期特定の観念、すなわち鳥羽殿の有する政治性に結合していこうとした。しかし、その階梯で必要な「本歌」（稿者はこれを後鳥羽院の「つたへくる」詠に措定した）は、「水無瀬」成立におけるそれに比べ

れば、あまりに微弱な衝撃力しかもちえなかったのではないか。先掲家隆、雅経の詠はその渦中にある作とみたい。「本歌」が長い詠歌史をもつ「自然的事物」の力にあらがって特定の観念と結合しようとするとき、相当の力を必要とすることは当然であろう。〈秋の山〉は、結局「自然的事物」の有する力を超えることはできなかったといえる。にもかかわらず「秋の山」は鳥羽の名所として生き残った。すなわち、名所という事実だけが残り、その属性となるはずであった政治性の観念を欠落したままに詠みつがれていったのである。このことは歌枕のいわば空洞化を意味し、その空洞を埋めたのがどうやら「自然的事物」秋の山のイメージであったらしいことを、後世の「秋の山」詠は如実に語っていよう。むろんこういった展開に鳥羽殿自体の衰退も与っていることは否めない。しかし、「水無瀬」の場合をみれば、そういった問題が本質論にかかわらないことは明らかであろう。

〈秋の山〉の問題を、後鳥羽院に即して考えるならば、初学期の試行錯誤のひとつと片付けることもできよう。しかし同じ院が四年後に「水無瀬」を詠出したことを思うとき、すでに和歌が歴史的に総括されうる時代にあって、あらたなる歌枕を創出することがいかに困難であるかに思い至らざるをえない。それは換言すれば歌に詠まれた言葉ひとつひとつの持つ動かし難い力にあらがうことの困難を意味するだろう。院は「水無瀬」においてこの試みに成功したが、〈秋の山〉においては失敗におわったとみるほかない。しかし、院の意図が全く継承されなかったわけでもない。以下にその事実をみたい。

三　ちとせの秋の山

承久の乱後、鳥羽殿は一時荒廃したらしい。しかし、宝治二年（一二四八）西園寺実氏によって南殿以下を修造、池を浚い、船を整え、八月二九日後嵯峨院は鳥羽殿に御幸。三十日には管弦和歌会が行われた。御幸や修造勧賞の次第は建仁の例にならったとある（葉黄記）。歌会も同様で、実氏が序を献じ、「池辺松」題が出されたが、これまた寛治・建仁の例にならったかとされる（ただし続拾遺集の詞書には「池上松」とする）。この時の様子は増鏡にも描かれる。院が白河院政への志向を有したとの指摘があるごとく、鳥羽殿に対する思い入れを語る詠もある。

鳥羽にて、里秋

里の名もひさしくなりぬ山城の鳥羽にあひみん秋の夜の月（続古今四396）

同じく九月十三日にも歌会が行われる。この歌会の詳細を語る資料は少なく、葉黄記及び続拾遺集巻十賀に収められた行家詠の詞書が手がかりとなるのみである。

同（宝治）二年鳥羽殿五首歌に、月前祝

君が代に光をそへよ末とほきちとせの秋の山のはの月

おそらくここに詠まれた「秋の山」は鳥羽殿の〔秋の山〕であり、そこに御世の千秋を祈る祝意をこめているのであろう。管見の限り、「秋の山」が祝言として明示的に詠まれた唯一の例である。

行家詠の背景には、後嵯峨院時代の鳥羽殿復興、すなわち鳥羽殿という政治空間の再現があろう。「秋の山」がどのような詠歌史をもつことばであるかがこの時代にはまだ記憶されていたのである。宝治二年の鳥羽殿修造にまつわる一連の次第は、建仁の例を範として進められたのであり、白河院政への志向と同時に、後鳥羽院政への関心も確認する必要があろうかと思う。

さて、行家詠が「秋の山」に「ちとせの秋」を掛けるという表現方法を用いたことは、「秋の山」を祝意に詠出する際のほとんど唯一の方法であったろうことは確認しておきたい。「秋の山」が一首に詠まれた例は多いが、そのほとんどが「秋の山里」「秋の山風」「秋の山べ」等であり、上述のごとく、これらの語はつねに一首を寂漠・凋落の主題に誘引する力を秘めている。そのことをふまえて「ちとせの秋の山のはの月」と続けたところに、「秋の山」を歌枕と明示する工夫があったと思われるのである。

結　語

〈秋の山〉は鎌倉初期、私見によれば後鳥羽院が鳥羽殿の主となったころに詠出され、歌枕として定着したものである。しかし、当初政治的空間鳥羽殿の観念と結合して治天の君への祝意を有するはずであった〈秋の山〉は、すでに同時代において必ずしも豊かな詠歌史をもちえず次第にその内実を失い、ついには鳥羽の名所ではあるものの、意味的には「自然的事物」としての「秋の山」へ回帰するに至った。

このことは、特定の「本歌」が「自然的事物」を表す言葉の力にあらがうことによって成立する歌枕の定着が、この時期いかに困難であったかを語る。その意味で中世歌枕ともいうべき「水無瀬」の成立は希有な現象であったといえよう。そしてそのどちらもが、後鳥羽院という、これまた絶後の歌人とかかわることに、偶然とはいえぬものを感じるのである。

注

（1）『平安京提要』（角川書店、平6）
（2）同氏「歌枕の成立―古今集表現研究の一部として―」（『国語と国文学』47-4、昭45・4）
（3）城南寺は、城南宮の杜にあったかとされ、城南宮は鳥羽殿造営の際、鎮守社として離宮内に祀られたらしい。当時の祭神等の詳細は不明だが、毎年九月に明神御霊会が行われた。また、現在城南宮の祭神は真幡寸神だが、これを農業神、雷神とみる説もあり、祈雨歌会との関係が問われる。城南寺は、馬場殿に接しており、後鳥羽院の鳥羽殿における遊興はほとんどこの区域で行われた。なお和歌合略目録に、前年の正治二年五月に城南寺歌合が行われたとの記事がみえるが、該当する歌合関係の資料は未見。
（4）「中隠」詩全文は以下のとおりである。

大隠住朝市　小隠入丘樊　丘樊太冷落　朝市太囂諠　不如作中隠　隠在留司官
似出復似処　非忙亦非閑　不労心与力　又免飢与寒　終歳無公事　随月有俸銭
君若好登臨　城南有秋山　君若愛遊蕩　城東有春園　君若欲一酔　時出赴賓筵
洛中多君子　可以恣歓言　君若欲高臥　但自深掩関　亦無車馬客　造次到門前
人生処一世　其道難両全　賤即苦凍餒　貴則多憂患　唯此中隠士　致身吉且安
窮通与豊約　正在四者間

（5）「歌枕「水無瀬」考」（『神戸女子大学紀要文学部国文篇』24L巻、平2・11）
（6）吉野朋美氏「『最勝四天王院障子和歌』について」（『国語と国文学』73-4、平8・4）

2　覚真覚書

はじめに

先に覚真長房について粗々の叙述を試みたが（拙稿「和歌色葉奥書再読—上覚と長房兄弟—」『国語国文』65-2、平8・2。『中世和歌論攷—和歌と説話と—』〈和泉書院、平9〉に収録。以下、前稿と略称）、論点が主として和歌色葉奥書の読解にあったことや、稿者に用意が整っていなかったことのため、不十分なものに止まった。本節ではその足らざるを少しでも補填したい。

一　晩年の光長

長房を考えるにあたり、彼を世に出すため力をつくした父光長を無視できない。光長から長房に継承されたものは多いが、弁官を経て蔵人頭、やがて参議あるいは勘解由長官などに至るという官人としてのコースは祖父光房以前からのものであった。光長の独自な点は、兼実の家司となり（玉葉寿永元年十二月二八日）その信頼を得、九条家との関係を永続させる基礎を作ったこと、さらに家司として、春日社・興福寺・平等院関係の任務をほぼ独占的に果たしたこと、その妻室、女子を乳母・女房として仕えさせたことがあげられる。

文治二年（一一八六）一月より、玉葉には光長病むの記事が多く見える。病は脚気であった。そのひまをぬうように、一月十五日、長房は兼実に対面している。

入夜、和泉守長房〈光長長男〉、為拝賀来、呼前見之、已成人男也〈生年十七歳云々〉

三月兼実は摂政となり、十六日に長房は家司に補せられた。六月十九日には兼実北政所別当、十月二十日には良通任大臣にともない家司に補せられる。

南都関係を見ると、当時光長は造興福寺長官をつとめ、長房も家司就任以降はしばしば南都に下向している。光長はもと良通の家司もつとめていたが（玉葉寿永二年一月十五日）、蔵人頭と南都関係の仕事を抱え、その任を宗頼に譲ったのである。あわせてこの時期光長の病は篤く、文治四年一月に予定された南円堂造仏の行事は長房であるし、興福寺金堂南円堂上棟の式は光長に代り親雅が行事をつとめている（玉葉文治四年一月二九日）。また光長は長子長房のみならず、宣房や妻およびその血縁の者をも九条家に仕えさせている。その例を文治五年（一一八九）から六年にかけての任子叙従三位及び入内にかかわる動向に見れば、以下のごとくである。

文治五年十一月十五日、任子が従三位に叙せられると同時に家司・職事各五人が決まり、長房・宣房はそれぞれ家司と職事に補せられた。二六日には光長室が任子方に初参。その様子を玉葉は以下のごとくに記す。

此夜、光長卿室初参姫御前御方、其弟同之、忠季朝臣〈光長聟〉、行輔等参会、長房、宣房、連車、又有出車一両云々、

光長室は朝親女、のち定高を生んだ女性。其弟とは光長室の妹で、のち「大弐」という名で光長の子として任子に仕えている（玉葉建久元年一月十一日）。忠季は花山院忠親の子で、光長の娘の夫であり、任子入内の日には御書使をつとめた（建久七年一月卒）。行輔は未詳。（後掲系図参照）。

また前述のごとく光長父子は良通の家司もつとめていたが、文治四年二月、良通にわかに薨じた。良通の夭折に兼実が大きな打撃を受けたことはいうまでもないが、長房も同様であったろう。四月四日、良通墓所の嵯峨御堂で仏事を修している。因みに良通の死去に際し、血縁以外で仏事を修した人物に八条院三位局がいる。

文治五年八月十一日良経侍始、これに先立ち長房は家司に補せられている。

以上記述が前後したが、文治二年以降の光長父子の動静を略述した。もともと光長は兼実の信任厚い家司であり、病を得たこともあって、この時期任を長房に譲ろうとしたと思われる。さらに光長と兼実の関係でいまひとつ見落せないのは、関東との関係である。光長の同母兄経房は文治元年（一一八五）以降（いわゆる広義の）関東申次であり、その関係からであろうか、光長が頼朝と兼実の窓口となって両者の関係維持につとめていると思われる記事が玉葉には散見する。そしてこのことは当時周知の事実でもあったらしい。その意味で、玉葉文治二年閏七月二日から十五日にかけての一連の記事は興味深いものがある。事の起こりは以下のごとくである。

閏七月二日、光長が参院したところ、定長が院の密勅を告げる。後白河院曰く、光長は「有学問之聞、又頗得人望」が、「摂政之辺近習之間」、自分を「頻以蔑爾」である。とりわけ「太上天皇」である自分が「不可知食天下」という主張を、摂政兼実の意見として関東へ示したことは「光長」が「奉行」したことなのだ、と。

院の主張の遠因には、この年三月頼朝の後押しで基通に代り兼実が摂政となったこと、さらにそれに先立つ所領をめぐる紛争などがあろう。当面矢面に立つのは光長だが、院の不快が兼実に対するものであることは明白である。それを熟知する兼実は「已被処朝敵歟」と観念し、翌三日、ひるがえって進退をかけて弁明につとめる。その徹底した態度に院は「此事ハ内々ニ光長事をこそ被仰しか」、「何様ニ可被仰御返事とも不思食」と狼狽を隠さない。この経過を兼実は経房に連絡し、経房は「大略理ニつまらせ給歟」との感想を洩らす（六日）。院は十五日に再び定長を遣わし、無思慮を詫びつつも前摂政基通の忠節を縷々述べ、結句摂籙事はひとえに春日明神の裁きであり、基通とも他意なく交流せよとの意を伝える。

この件は一言でいえば院と九条家の確執の一例ではあるが、その中からおのずと光長の立場も明確になってくる。否定的文脈の中にはあっても、院の光長評は彼が有学徳望の人と認知されていたという証言である。またこの件をもって光長が院に疎んぜられていたとみる立場もあるが、[1]稿者はむしろ光長がいかに兼実と深く結ばれていたかを知りうる意味で重要だと考えるし、院の言葉を伝えた定長が、後白河寵臣にして経房・光長の異母弟であり、兼実に「件男前摂政之方人也、縦有黒腹之思、専任白日之誠者」（三日）と警戒させた人物であることも興味深い。

二　出家をめぐって

出家時および以後の長房覚真については、歴史学・宗教学の側からの研究がある。[2]前稿ではこれら先学の研究を十分に生かしえなかった不明をまず明らかにしておきたい。その上で、各論された諸問題を覚真に即して考察し、その生涯について再度考えてみたいと思う。

長房の出家について、その直接の原因を語る資料は官史記を除いては管見に入らない。[3]ただし出家の経緯やその後の動静から出家の性格を想定することは不可能ではない。

長房の出家は雅縁の瓶原山庄の堂供養のあと遂げられた。後鳥羽院は承元四年（一二一〇）九月十八日から二十日までは南都に在り、二二日には京に在った（この日「粟田宮歌合」、明日香井和歌集等）。平岡定海氏は、「海住山寺は雅縁の山房を基盤として、後鳥羽上皇の御幸を仲介として、貞慶を勧請開山とし、長房を檀越として発足した」と明確に規定されている。私見によっても、貞慶との関係は、先に、院・貞慶・雅縁（通親同母兄）の交渉があり、この縁に導かれてのものである可能性は高い。少なくも長房の出家には院との確執は感じられないのであり、むしろ貞慶・院の関係を強化する布石のようにさえ感じられるのである。

承元二年交野御堂供養の際、院より賜った仏舎利二粒（これを貞慶に届けたのが長房であった）を貞慶は海住山寺に安置している（海住山寺文書「貞慶仏舎利安置状」）。また貞慶の一周忌に覚真はさらに五粒を加え、新造なった五重塔に安置している（海住山寺文書「覚真仏舎利安置状」）。仏舎利が王権の象徴的意味を持つという認識の是非を論じる用意はないし、貞慶自身が仏舎利を観音信仰と結びつけている（平岡氏論文）ことも考慮せねばならないが、長房出家の背景に後鳥羽院への背反があったという推論はこの限りにおいて困難に思われる。また、近時、目崎徳衛氏は、「史伝後鳥羽院」（『短歌』44-5、平9・5）において、長房の出家を土御門帝の譲位とからめて捉えられ、「遁世の契機は早過ぎる皇位継承への諫言だったのかと推測される」と述べられた。前稿でもふれたごとく、土御門帝在位当時から、主だった公卿は後鳥羽院の御前に候すること多く、長房がこれを苦にしていた形跡も認められる。土御門帝の蔵人頭としての意識が長房に強くあったとすれば、突然の出家は、承久の乱よりは、土御門退位の問題と関わると考えるのが妥当かもしれない。

さて、出家後も後鳥羽院や九条家との交渉が頻りであったことや、行政への介入等が、確かに覚真の像をわかりにくくさせている。しかし、名利を廃さない貞慶の信仰の質と、おそらくは南都との連携を強固にしようと目論んだ院との関係の中から覚真が生じたとすれば、その出家生活に現世的要素があることもまた当然の帰結というべきではないか。

それにしても覚真の宗教活動全般に何かしら整合性の欠如を感じ、聖の衣をまとった俗の仮定を誘って疑念を抱かせるものは何であろうか。

そのひとつに、承久の乱によって、長房出家後はその立場を襲うように院の側近を勤めた光親が斬首された事実があるだろう。光親と長房を院の代表的近臣と見るのは官史記である。一人は院に殉じ、一人はその政治的野望を止めんとして果たさず出家するという理解は、長房の出家を、院よりの離脱と位置づけるものである。ただしこの筋立ては、少なくも建暦三年（一二一三）の清水寺をめぐる興福寺と延暦寺の紛争における覚真の「相構テ院宣ヲ不背して御定ヲ重クスルしるしの候へく候」（鎌倉遺文二〇五四～八）という発言、あわせて京の光親と緊密に連絡を取っていたらしいことによって破綻する。この段階で、院を中にした光親と覚真の連携はなお生きていたのでなかったか。承久の乱を覚真がどのように受け止めたかを示す資料は管見に入らない。ただし、尊卑分脈によれば、覚真は院の隠岐遷幸に従ったとされる藤原清房（法名清寂）を子としている。[(4)] 清房については寡聞にしてこれ以上を知らないが、乱後、覚真は院の周辺の人物を密かに保護するようなことをしたのではなかったか。承久の乱においては明恵もまた京方公家をかくまって六波羅に引出されているが、このあたりの動静はさらに調査を要するものであろう。

また、貞慶とその世俗性において対比的とされる明恵との関係は、覚真の最晩年まで続いたようである。[(5)] 明恵に宛てた書状からは明恵の宗教生活に対する痛切な憧れが読み取れる。[(6)] それが己れを顧みての痛みであるならば、その限りでたしかに覚真の宗教生活の中に、貞慶的なあり方への否定的感情があったといわねばならない。

三　覚真像をめぐって

「覚真が持戒の僧であり、その政治的手腕も仏法と寺院の興隆のためにのみ発揮されたという見方を、根底から揺がすような評言」（上横手雅敬氏）といわれる定家の言葉は、前稿でその判断を留保した次のものである。

其入道、依僻韻、雖称道心由、其心本自凶悪、不覚之外、無一得者也、所謂人非人是也

（明月記建暦元年十一月十二日）

この評言が覚真の出家生活に関わる以上、師貞慶の宗教性を考慮したにしても、その当否は検討を要する。上横手氏はこの箇所については「定家の狷介な人柄の方が印象付けられる」とされるが、一体定家のどのような認識のうえに右のごとき酷評が導きだされたのであろうか。

明月記にはしばしば長房が登場する。定家は長房より七歳年長、同じ九条家家司であり、新古今歌壇での役割もそれぞれの立場で果たしている。明月記に拠る限り、在俗時の長房に対し定家はむしろ好意的である。

正治二年（一二〇〇）八月、内昇殿を許された定家が畏まりを申すために参入した際も長房と和歌、物語について談じている。建仁二年（一二〇二）七月寂蓮逝去の報を定家に伝えたのも長房である。その数日後、源雅親・源定通が蔵人頭に補せられた。この時定家は除目の様を「冥顕内外売買」と断じて慷慨したうえで「長房不補頭云々、心中定不安歟、但又無程遂其思歟」と結ぶ。この文言には買官横行の中で当然得るべき地位を得られなかったことに対する同情が底流しているように思われる。はたして三カ月後の十月二九日、長房は頭となり足掛け三年の

長きにわたりその職にあった。

長房は有能な実務家であり定家もこれを認めているが、明月記の伝える長房は決して実務一辺倒の冷徹な官人ではない。そこには定家の「狷介」を誘引しない配慮が長房の側にあったのではないかと思われる。

定家が長房に対する批判を記す最初の記事は承元二年（一二〇八）八月十五日に見える。この日定家は水無瀬御幸参仕より帰京、夜、長房の息定高（長房異母弟。前稿参照）が、翌日の石清水放生会の奉幣使が不足故定家にこれを命じる奉書を送ってきた。定家は突然の指示に不快を覚え、世を歎くとともに「長房卿私如相語種々示送」と長房が裏で差配したとの推測を書いている。この不満と怨恨のためか、当日使いの座に着するか否かで長房と論争している。定家の不快の根本に長房の暗躍が想定されていることは注意してよい。

建暦元年（一二一一）の覚真関連記事は、春華門院崩御の前後に集中している。問題の評言はこの過程で発せられたが、出家の身の覚真は、大嘗会等の停止をめぐる論議に加わっていたようであるし、女院初七日にも伺候していた。同年十二月、覚真在京のことが記されるが、定家は望見するのみであった。

寛喜三年（一二三一）三月二一日の記事は、東一条院及び前斎宮をしきりに春日参籠に誘う覚真夫妻のことが見え（後述）、次いで嘉禎元年（一二三五）三月の教実薨去に覚真が臨終作法等を行った様を詳細に記す。この直前三月十六日には、西園寺公経が「覚真の知行する興福寺領を奪おうとしたため」（上横手氏）「太忿鬱」した。背景に円実（道家男、公経孫）を強引に別当に任じたことによる混乱があると思われるが、覚真がこれにより完全に反九条家側に立ったと解するのは少しく早計のようにも思われる。少なくも教実薨去の際の覚真の態度にはそういった思惑は窺われないし、この時期嫡子定高は道家の家司として重きをおかれていたのである。

同じ年の十二月、五月以来紛糾していた興福寺と石清水の対立の中で、衆徒を鎮める役をおった覚真が「反って扇動し」（上横手氏）たとされる事件が起きる。二年にわたる紛争の中で覚真の果たした役割は右の一件しか判明しておらず、しかもこれを伝えるのが明月記のみであるため、覚真は「慈心房長房という黒幕的人物」（黒田俊雄氏）と評されるに至った。明月記は以下のごとくである。

円経法印密々申、去秋憑悪徒等可被鎮沙汰事、内々申入之処、長房入道衆徒事我可語宥由申談、殊令加増悪行、遂如此、偏彼入道所為由、別当辞退印鎰、入山寺給了、円経亦以籠居云々（十二月二二日）

確認しておきたいことは、定家が衆徒の申状を「専無其理」とし、覚真の動きを円経を通して聞いたうえで判断していることである。この年二月、大安寺との紛争では「円経覚遍長房入道等皆密々同心、欲乱南都」と、定家の目には円経と覚真は徒党と映っていたのであり、これが事実であれば、南都の僧達の離合集散は複雑といわねばならない。

貞慶の弟子は大略、興福寺時代のそれ、そのうち笠置寺隠遁に従ったもの、海住山寺時代に新たに加わったものの三類から成るが、円経は興福寺に残って後には別当となる（嘉禎四年）のであり、同じ貞慶の弟子とはいえ嘉禎元年時点での立場は同じではないだろう。興福寺内部の上層部と「下部のずれ」（黒田氏）が、この紛争において円経と覚真の対立をもたらしたとはいえよう。旧知であればこそ円経は覚真に衆徒説得を依頼したのであり、そのことはたしかに覚真が衆徒に一定の影響力を持っていたことを示唆する。覚真の衆徒説得は功を奏さなかったが、この結果を説得に失敗したととるか、扇動したととるかは、問題の複雑さからして明月記の記事のみで判断することは困難であろう。

紛争は年末に至って膠着状態を呈するが、明月記十二月三十日には「是覧《マヽ》通公卿等之門徒所為云々、長房、定高内々和合之輩也云々」なる一文がみえる。本文に存疑の箇所があって意が取りにくいが、公卿の中に門徒と内通する動きがあり、具体的には覚真とその息定高が和合しているというのではないか。定高はこの時道家の譜代の枢要な家司であり、十二月二一日に、石清水別当宗清が提出してきた妥協策を南都に遣わすことを主張しているのは定高であるし、春日社と九条家の交渉を奉行してもいる（中臣祐定記嘉禎二年二月二日記事）。その定高が覚真と内通して衆徒の側に立ち、上層部を孤立させ、結果石清水との紛争を更に複雑化させようとしているという理解は、たとえ定家が一方的に朝家の側に立ち、あるいは流言に乗ったとしても、その見方が公平を欠くとはいえないだろうか。そこには春華門院入棺のことをめぐって定家がみせた「狷介な人柄」――覚真が息子を前面に出して暗躍するという認識――が再び露呈しているようにさえ思われる。

玉蕊は嘉禎元年年末から二年にかけての記事がわずかであり、この時期の定高と道家の関係を跡づけることは困難だが、事件の前もまた落着後も、関係は良好である。

定家が覚真に抱いたであろう様々の感情のうち、比較的明確であるのは、覚真が出家後も縁者を介して京都と繋がり、一定の影響力を持ち続けたことに対する不快感であろう。しかし生涯官位の停滞と貴族世界の汚濁に呻吟した定家であればこそ、明恵のような脱俗的出家者が一般ではありえないことを知りつくしていたのではなかったか。右の酷評はそういう者の筆から生まれたものであることを確認しておきたい[7]。

四　覚真とその類縁

覚真と京都を結ぶ最要の人物はおそらく息定高であったろうが、覚真の室もまた京都にあって彼との連携を維持していたようだ。

覚真の室は長実孫、俊盛の娘。覚真との間に実子がいたかは不明だが、良経女立子に出仕した長子がそれか（玉蕊承元三年三月二三日）。立子乳母を勤め、煕子内親王を夫妻で養育した。長房出家後の動静は不明だが、玉蕊の以下の記事がその消息を伝えているのではないか。

中宮女房〈二条殿御養母也〉、来談候、解脱上人為中宮可有御懐孕之由夢想、而秘蔵不被語、追伝聞也云云、凡被示候（雑カ）事等、皆当理也、可謂賢女歟、　（建暦二年二月十九日）

順徳中宮立子の女房が道家に、解脱房貞慶が中宮懐妊の夢想を得た旨を伝えたもの。中宮女房に付けられた「二条殿御養母也」は、長房が二条烏丸に居住した記録があること（裁判至要抄）、あるいは後鳥羽院の命で二条殿を修理居住したことによって二条殿と呼称される可能性があること、覚真室は立子の乳母であること（玉葉建久三年十一月二十日）を考慮して、この女房を覚真室であると考えたい。すなわち長房出家後、彼女は立子の女房として出仕しており、この日道家邸を訪れ貞慶夢想を伝えたと解される。このことは、当時貞慶の許にいた夫覚真が介在している可能性を濃厚に示唆する。

立子入内は承元三年（一二〇九）、皇子懐成誕生は建保六年（一二一八）のことである。この間の九条家の焦燥は愚管抄等にも窺われるが(8)、玉蕊はしばしば皇子誕生の夢想や兆しを書き留める。

これに先立つ承元五年三月、玉蕊は次のような記事を載せる。

…新大納言示送曰、一日中宮行啓不進出車、又不供奉、不当之由有上皇仰…（二日）

於内裏或女房談云、依出車事大納言頻腹立、余申院之由被称了、未得其心、先例之条ハ建久例不似今度云々、此事凡尾籠第一事也、我身ヲ故殿同事ニ被思之条尤愚也、中宮乳母二条君談云、故殿例也、此中納言ヲ余事超良平了、於此事入道殿頗不心得事ニ思食タル尤不審事也、強才いカ本定ヲ頭上ニ昇と云事や有と云々、又二三年あらハ一定八条院御気色不快なりぬと覚候也、大納言ヲ〈謂当時右大臣〉、今超越爪レハ云云、余聞此事紅涙数行千廻也、湿衣裳者也（五日）

承元五年一月二二日、女御立子立后、二月二八日には入内、ただしこの間玉蕊は記事なく詳細は不明。したがって上掲の記事もその背景等が不明で推測によらざるをえないが、中宮の出車の件で新大納言が後鳥羽院に何らかの訴えをしたらしい。新大納言とは、公卿補任等によれば良平で、道家の叔父、良経の異母弟にして猶子である。実父良経を早く失った立子の立后にともなう諸事は道家の肩にかかっていたが、良平はその不備を衝いたのではなかったか。そうしたことの背景には、あるいは官位昇進の問題があったのではないかと推測される。五日の記事は、二条君の慰撫に道家が紅涙を絞るという体のもので、道家に対する覚真夫妻の立場というものがうかがわれる。さらに注意したいのは、二条君が八条院の名を出していることである。官位昇進の問題に対する八条院の意向を述べているととれるのだが、二条君が八条院の意向を知りうる立場の人であることも気になる。この時期の八条院およびその広大な所領をめぐる問題について深く立ち入る用意はないが、八条院領を一旦は猶子である任子所生の春華門院昇子が伝領しているのであり、覚真一族は立子・昇子ともに院司として仕えている。さらに、覚真の妻は八条院女房三位局の従姉妹であった。三位局は八条院の有力な女房であり、早く以仁王との間に道性以下の子をなし、のちには兼実との間に良輔をなし、良輔は猶子となって八条院第で成育した。ほぼ同年の良平に比べると官位の昇進はきわめて順調であったのである。長房とその妻がどういう経緯で婚姻関係を結ぶにいたったかは不明だが、少なくとも二条君と呼ばれる女性は、彼女自身強力な人脈を有していたように思われ、それは主として八条院関係のものであったろうと推測する。そして承元頃、若い道家が、中宮の後見という大任をおったとき、中宮の側近を務めるとともに道家のよき相談相手にもなりうる人物だったと思われる。

覚真室の動向に関する記録は明月記にもみえる。

殿下石山御参延引了、東一条院春日御参籠云々、此事連々、先々后宮無如此事、於今無由事也哉、前斎宮又雅氏頻参籠、只長房入道夫妻所勧申也、不顧外聞之不穏歟　（寛喜三年三月二一日）

東一条院立子、前斎宮熙子及び雅氏（伝未詳）の春日参籠頻りのため、道家の石山参詣が延引になったことを批判的に記すもので、これを勧めたのが覚真夫妻であると付言している。立子については先述したごとくであり、熙子は長房夫妻が引き取って養育した後鳥羽皇女である（前稿参照）。熙子は承久三年八月伊勢より帰京、その後は二条東洞院の定高邸に住んだようであり（類聚大補任）、生涯にわたり覚真の一族が後見したと思われ、またその出家に際しては明恵が戒師をつとめている。(9)

長房出家後二十年以上を経たこの時点で、覚真と室が対と認識されていることは興味深い。おそらく覚真は南都にあって、室は京都にあって立子や熙子を教導したのであり、二人の連携は依然保たれていたのであろう。

五　覚真と文書

長房が有能な実務官僚であったことの一端を示す事実に、おそらくは有職について記したと思われる記録類の所持と執筆がある。

頭亮已下職事等申事等粗聞之、今夜勅使事、頭亮所案二人也、而長房所持委細江記延久三人之由有所見、然者可有三人歟、仰云、火葬之時、殊依不意多可及度々、今度只可為二人　（明月記建久三年三月十五日）

三月十三日後白河崩御、十五日葬送。この時勅使が遣わされたが、その人数を何人にするかを論議した際、長房の所持する「委細江記」が参看されたというのである。玉葉によれば、すでに崩御当日より葬送をめぐって種々論議され、そこで長房も意見を述べており、それは旧記、旧例を引いてのものであった。「委細江記」はおそらく江次第であろうが、同書は国忌等を載せる巻二一を欠いていて、「委細」の意味も、詳細も確認できない。

戌刻許自院被仰云、〈近臣清範以奉書、遣宰相中将許〉、参議長房公事抄候者、可令進給也、可令（本ノマヽ）持申大将殿之由、内々御気色所候也、清範恐々謹言、（中略）件書未見及歟、□外謐勿論也、仍申其由了。
（玉蕊建暦元年五月十三日）

後鳥羽院が、実氏に『長房公事抄』なるものの進上を求めたと思われる。玉蕊によればこの頃院は文治朝観行幸に関する記録を求めていたらしいから、『長房公事抄』にそれが記されていたと考えられる。また同じく玉蕊に長房の祖父光房の記録と思われる『光房記』の名が見える（嘉禎三年一月三日）。公事に関する記録を収集・執筆することは官人としての一般ではあるが、長房は院司・家司として参看を求められる程度にその文書が認知されていたといえるだろう。

その長房が出家後、仏典の書写・収集に力を注いだであろうことは、想像に難くないが、晩年に相当大規模な仏典の収集を試みた可能性がある。[10] 春日大社文書に収められた大東家文書の三〇・三一は覚真の書状である。三〇には嘉禎四年九月八日の日付があるが、三一は年が不明である上に前半が欠けているので正確には意味を把握しがたい。あえて読解を試みるならば、三〇によれば、花山中納言定雅（定高女婿）、定高が「願書」を出すこと、その願書とは「檀越」となるためのもので、「経蔵」に収める予定であることがわかる。また仏書を書写して収めるらしいこともうかがわれる。ここに見える仏書は、『法華短尺』、『鏡水抄』、『行事抄』で、『法華短尺』は寡聞にして未詳（あるいは『法華摂尺』か）、『鏡水抄』は『法花経玄賛要集』、『行事抄』は『四分律刪繁補闕行事抄』あるいは『四分律行事抄資持記』のいずれかか。[11]

すなわち覚真は、仏書を収集書写し、定高の女婿をも含む一族の願書を添えていずれかの経蔵に収めようとしたのではなかったか。この間の事情を理解するいまひとつの資料に、春日大社文書六一九に収められる「僧某書状」がある。長文にわたるので引用は控えるが、この資料もまた後半が欠けている。しいて意を取れば、本状は僧某が覚真からの書状の内容を何人かに伝えるべく書いたもので、覚真の状況説明と、心蓮房なる人物の意見からなる。それによれば、覚真は仏書の書写を三十日に限って人々に依頼したようだが、それがはかどっていない、その理由についての心蓮房の意見と打開策を述べたものと推察できる。ここに見える心蓮房は、大東家文書三一に見える心蓮房と同一人物ではないかと思われるが、あるいは大乗院寺社雑事記文正元年閏二月四日条に引かれる「牙舎利縁起」私記にその名の見える心蓮房か。[12]

この書状を大東家文書と同時期のものとして読むと、覚真が何らかの起請のために一族の願書を集め、多数の仏典を添えていずれかの経蔵に収めようとしたこと、それはまた書写の日数を限ってかなりの人々に依頼する体のものであり、心蓮房からは仏典書写という行為の有する一種の宗教性を逸脱したものと否定的に捉えられる面があったことがうかがえる。

この起請が何のためになされたかは前出の資料のみからは断定しかねる。すなわち定高に関わる部分の記述を、定高の突然の死にも関わらず彼を「檀越」とする、と読むべきか、あるいは彼の死によってこの起請がなされたと解すべきかが、いまひとつ読み解けないのである。しかし、覚真が日数を限る程に急いでいること、書状の過半が定高の処遇に費やされていることを考慮すると、定高の死こそが、この起請の原因であったのではないかとの推測に傾く。定高は嘉禎四年一月二一日に病により出家、翌日四九歳で薨去、その室（忠高母）も同年四月十四日死去、覚真にとっては大きな衝撃であったと思われる。

付、中臣祐定書写『和歌色葉』中巻の周辺

覚真となった長房が後半生の活動の場とした南都で、嘉禎四年和歌色葉中巻が書写された。これを書写した中臣祐定は春日若宮神主を務めた人物で、勅撰歌人でもある。上覚が和歌色葉を後鳥羽院に献じる際に、長房が仲介の労をとったことについてはすでに述べた。和歌色葉は、院に献上した本（その際本文を少しく整えたようである）と、手元に残した草稿本があるが、献上するに至る過程で院以外の人物にも読まれていたことは奥書より明

らかであり、これを長房やその周辺の人物が書写、所持していた可能性は皆無ではない[13]。

覚真と祐定の関係を示す資料は寡聞にして一点しか見出せない。中臣祐定記寛喜四年閏九月七日条に次のようにある。

若宮拝殿ニ指檜皮セラル、海住山民部卿入道、（長房、俗名也今ハ慈心房）之沙汰也

この記事は、覚真が海住山寺以外の場所でも建築土木の作業を差配したことを示す点で興味深いが、祐定記に覚真が登場するのはこの箇所だけであって、両者がいかなる関係にあったかを知ることは困難である。

和歌色葉書写はこの六年後のことであるから、これ以後両者が祐定記には記さないような私的な交流を深めた可能性も否定はできないが、あくまで推測に止まる。

祐定は千鳥家に伝わる文書類の保存にも力を入れていたようで、嘉禎二年には「朽損」していた曾祖父祐房の日記を抄写している。また和歌色葉中巻も伝来の文書の裏を用いて書かれているが、その中に承元四年の日付を有するものがあり、おそらくは父祐明在職中の文書類を整理したうえで使用したものであろう。

和歌色葉の伝来について再論は避けるが、書写年代の明らかな伝本の中で最も古いのが祐定書写本であり、その成立に関わった覚真が祐定の近くに生存し、両者が少なくも一度は互いを認識したという事実には、きわめて興味深いものがある。

注

（1）『平安時代史事典』（角川書店、平6）「藤原光長」の項。また、玉葉寿永二年十二月三日の記事によると、光長は新摂政基通の政所始にも役を与えられなかった。その事が兼実との間で話題にもなっているところを見ると、光長は兼実家司となったことで政争にある程度巻きこまれることになったとも思われる。

（2）・覚真に関する主要論文は以下のとおりである。
平岡定海氏「日本弥勒浄土思想展開史の研究」『東大寺宗性上人之研究並史料 下』（日本学術振興会、昭35）
黒田俊雄氏『日本中世の国家と宗教』第一部Ⅲ（岩波書店、昭50）
冨村孝文氏「貞慶の同朋と弟子たち」『宗教社会史研究』（雄山閣出版、昭52）所収
保井秀孝氏「貞慶の宗教活動」（『日本史研究』224、昭56・4）
上横手雅敬氏「貞慶をめぐる人々」『日本の宗教と文化』（同朋舎出版、平元）所収
奥田勲氏「明恵と慈心房覚真」『小林芳規博士退官記念国語学論集』（汲古書院、平4）所収
・海住山寺に関する資料は以下のとおりである。
佐脇貞明氏「海住山寺文書」（『史学雑誌』70-2、昭和36・2）
『海住山寺総合調査報告』（奈良国立文化財研究所、昭和52）
大和古寺大観第七巻『海住山寺　岩船寺　浄瑠璃寺』（岩波書店、昭53）

（3）官史記については第三章第三節参照。

（4）清房の名は尊卑分脈に拠ったが、承久記諸本には、「出羽前司弘房」（前田本承久記）、「てはのせんしひろふさ」（承久兵乱記）、「てはのせんししけふさ」（承久軍物語）とある。なお、目崎徳衛氏は前掲論考で、清房が長房の猶子として、長房出家後院に仕え、のち隠岐に渡ったとされるが、清房が猶子になった時期やその経緯に関する資料は管見に入らない。なお、田渕句美子氏『中世初期歌人の研究』第五章（笠間書院、平13）参照。

（5）東大寺釈迦如来像の膝裏墨書によれば、この像は嘉禄元年（一二二五）に海住山寺で造られ、翌年「梅尾」で明恵を導師として供養されたことが知られる（『図説日本文化史大系』第六巻鎌倉時代、小学館、昭32）。

（6）高山寺古文書第二部三号

（7）鎌倉遺文四八五一の定家書状（東京国立博物館蔵）は、末尾部分が残るのみで宛先も不明だが、断片的ながらその意を取ると、あるいは興福寺と石清水の紛争に関わるものではないかと思われる。参考までに全文を掲げる。

況長途之事、公事之外、一向不致沙汰候、衆徒騒動以外候歟、昨日議定候云々、何様候覧、此境節、大神宝難被遂行候乎、夜前奉行職事、猶一方候、依此事皆変改、無申限候、恐々謹言、（嘉禎元年カ）十一月廿日　定家

（8）「猶皇子カタキ事カナ、中くテ〱ノ殿ナドヲハ゜セネバ、モシサモヤトコソ思ヒツルニナド、人モ思ヒタリケルホドニ」（愚管抄巻六）

（9）本朝皇胤紹運録によると、熙子は深草斎宮と呼ばれた。これが居住した地名に拠るものとすると、帰京後二条の定高邸に住んだのち、深草に移ったものと推測されるが、深草には定高の別邸があったので、あるいは熙子はそこで余生を送ったのであろうか。その出家については『明月記』寛喜二年正月二八日条に、「昨日深草前斎宮（入道長房卿　養君）出家給云々（戒師明恵房…）…」とある。

（10）覚真書状は以下のとおりである（『春日大社文書』第六巻、吉川弘文館、昭61に拠り、用字は通行の字体に改めた）。

三十　僧覚真書状

「前司御中（追筆）『憲敏　覚恩』覚真」
法花短尺第二巻可撰給候、鏡水抄ハ候ハぬにや、
（裏書）「定雅大納言」
願書返納候、花山中納言已一向奉憑候也、雖不始別祈、御入堂次可令懸御意
（裏書）忠高中納言
給、左大弁宰相も除服已後可書進願書之由申候也、恐々謹言

（追筆）「嘉禎四年」
九月八日　　　覚真
（礼紙書）
内々申
按察可為此檀越之由、書進願書へき、若被納其経蔵者、可撰給候、可令見此人候也

三一　僧覚真書状

書四五部書写候はゝ、此起請の書写内に籠リ候ぬ、見律斗事又不定候、反古裏の行事抄今一反見申た□も不令叶、況及彼舜覚哉、如心蓮房料ニハ有別子細候事、院家やと候ぬるにて足候ぬ、
定高か永為檀越扶持此経蔵事ハ、此御起請の一篇ニテや可載候らん、彼男已承伏候了、其上ハ、載テ候らんも何事候哉、但又定高一代事也、其子孫無てハ不定候へハ、不載しても
や候へき、只可在御計候、
恐々
七月二日　　　覚真

(11)　鏡水抄については、牧野和夫氏「中世における仏典注疏類受容の一形態」（『汲古』6、昭59・11、『中世の説話と学問』〈和泉書院、平3〉に収録）参照。
(12)　心蓮坊については、大原眞弓氏「和州菩提山正暦寺中尾谷と浄土信仰—牙舎利信仰をめぐって—」（『史窓』49、平4・3）参照。
(13)　長房がその出自からも、文芸に関心があったこと、『廿巻本類聚歌合』の書写に関わったと推定されることについては、有吉保氏が、『新古今和歌集の研究　続篇』（笠間書院、平8）第七、八節で考察されている。なお、藤原教長の口伝を筆録したとされる『才葉抄』の一本、八十八条本系統の蔭涼軒正賛蔵本（『日本書画苑』所収）の巻

頭に「宰相入道教長口伝　海住山正三位長房記レ之」とある。これが事実を伝えているとすれば、長房は『才葉抄』も筆写したことになるが、同書の成立についてはなお未解決の問題もあり、後考を期したい。

【任子参向者関係系図】

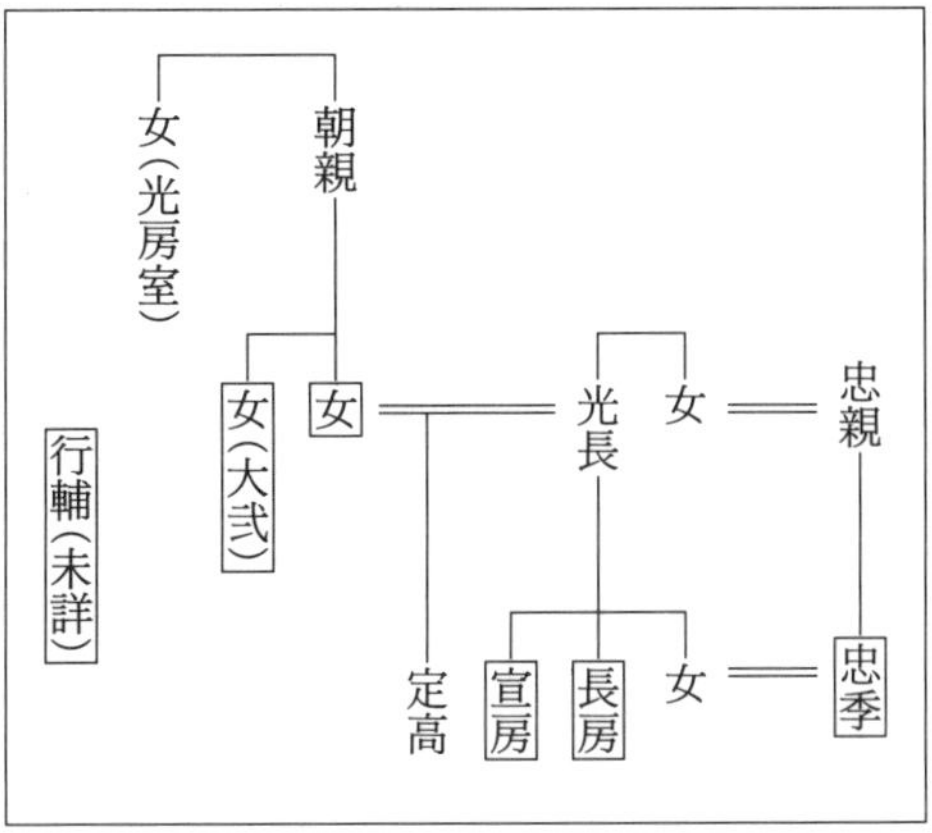

補記　近時、近本謙介氏、宇都宮啓吾氏、米田真理子氏等により紹介された、貞慶、興福寺、仁和寺周辺の資料から、覚真の事跡が次第に明らかになりつつあることを付記する。

3　『官史記』覚書

はじめに

後鳥羽院近臣参議長房出家の理由を「後鳥羽院天下事ヲ被思食立ケル時、長房卿ハ諫カネ奉テ遂ニ出家」と記す『官史記』とはいかなる書であり、また右の指摘はどれほどの信憑性を持つものであろうか。

本節では、長房出家の周辺を明らかにする作業の中で問題となる『官史記』について考察する。

一　長房関連記事

『官史記』には長房に関わる記事が三条書かれる。

A海住山民部卿入道長房卿者、後鳥羽院ノ近習ニテ有ケルカ、昼夜寓直シケリ、仍時々着布衣ケリ、弁官着布衣事自此時始タリ

B後鳥羽院御宇、海住山民部卿入道長房卿、終日祗候仙洞之間、院被仰云、長房カ終日候タルニ何ニテモタヘト被仰ケル間、御前祗候女房〈御愛物云々〉ノ陪膳ニテ、供御ノ御ワケヲ一膳、自簾中被下タルヲ、彼卿サハ〱ト食テ後、我前ヲ又簾中へ指入テケリ、其時如法叡感アリケリ、無陪膳時ハ、我持テ出マシキ程ノ人

ハ、本ノ方ヘ返トナム、但依人可依事者歟

C後鳥羽院天下事ヲ被思食立ケル時、長房卿ハ諫カネ奉テ遂ニ出家〈于時右大弁宰相〉、天下事露顕之時、光親卿ハ天下事偏ニ我カ申行タル事也トテ、六波羅ヘ被捕ケル時モ、車ニ乗ナカラ遣入《ヤリ》テケリ、遂被誅了、此両人天下ノ賢人也、殷三仁モ如此事歟

いずれも『官史記』末尾の逸話集成の箇所にみえるもので、Bについては、徒然草研究の側からの論及がある。長房出家の理由を『官史記』の記事Cに拠って解されたのは田中久夫氏であり、(1) はやく大日本史料は長房薨去の項（寛元元年正月十六日）にABCを載せる。『官史記』が、謹厳なる実務官僚の像を破って、剛毅な長房像を伝える点にはきわめて興味深いものがある。また、『官史記』末尾の逸話群のうち、Bのみならず、後述のごとく実基の逸話もまた徒然草と話柄を共有するのであり、この点からも『官史記』はその素性を確認しておく必要があろうと思う。

二　官史記と左大史小槻季継記

『官史記』は管見に入るところでは、静嘉堂文庫及び宮内庁書陵部に蔵される（東大史料編纂所に影写本がある）。この二本は本文のみならず用字、改丁、改行もほぼ完全に一致するきわめて親密な関係にある。(2)

ところではやく滝川政次郎氏が「この書（『官史記』）は、『左大史小槻季継記』として（傍点稿者）『改訂史籍集覧』第二十四冊に収められてゐる」と述べられた。(3) 史籍集覧に収められた『左大史小槻季継記』は「東京帝国大学の蔵本を謄写し聊句点を施し校訂一過」したものとの校訂者付記があり、この時点で『官史記』を『季継

記』と称して公刊したとは思われない。また滝川氏は「史籍集覧本の本文には二三の誤植がある」とされたが、氏の参照されたのが史料編纂所蔵の『官史記』影写本であったためではないか。稿者は『季継記』の伝本すべてを確認したわけではないが、史籍集覧本の誤りと思われる箇所は、たとえば『歴代残闕日記』所収の『季継記』本文と一致することが多い。

これらの状況を整理すると、基本的に『官史記』と『季継記』は同じものであること、また本文は『官史記』の名称を有する伝本がより良好であることがいえるかと思う。ではなぜ『官史記』『季継記』両様の名称があるのだろうか。静嘉堂文庫蔵『官史記』内表紙に「原本壬生官務家所蔵也殊勝古本云々／官史記　単／原本无□題」とあることをより所とするならば、本来本書には確たる名称がなく、いつの頃からか、『季継記』あるいは『官史記』と称するようになったことが推測される。命名の理由は種々想定されるが、『季継記』なる名称は、左大史季継の時代が記事の大半を覆うこと、逆に『官史記』なる名称は、後述のごとく本書が季継自身の日記とは断定しがたいことによる命名であろうことが想像される。

三　日記の記主

『季継記』あるいは『官史記』は、日次形式の日記ではない。基本的には部類記的な書き方がされており、その中に、日付を有していて日記から抄出したことをうかがわせる部分と、全く日付をもたない説明的な文言の部分があり、それぞれの項目には小題が付せられている。それらは殆ど官務家に有用な故実を列記したもので、この書が実用的な目的のもとに編纂されたことをうかがわせる。

日付を有する記事は、付表に一覧するごとく、嘉禄・安貞・寛喜・文暦・嘉禎・仁治のもので、おおよそ季継が左大史を務めていた時期に一致する。殊に、安貞二年（一二二八）一月六日から二月二九日にわたる記事は、太刀契紛失をめぐる経緯を詳述したもので、静嘉堂本の『官史記』表紙に「安貞二年太刀契紛失件アリ」とあるごとく、本書の中核をなす長大な記事である。

さて日付を有する記事は以下のごとくである（傍点稿者）。

（嘉禄二年一月）廿三日、天晴、除目入眼也、予被叙従上、去年十二月、亭主被叙正上、予又浴臨時之恩、兄弟連月加級、誠是家之余慶也、可謂傍若無人者歟、随当家臨時加級、亡父正上之外、無其例者也

日記の記主「予」がこの日「従上」に、「亭主」が去年十二月に「正上」に叙せられたことを慶ぶ内容のもので、「予」と「亭主」が兄弟であることがわかる。明月記によれば前年十二月、季継が正上に叙せられたことに関する外記側の批判が記されているから、「亭主」とは季継を指すと考えてよい[4]。したがって「予」は季継の弟と解することができる。また、文暦二年（一二三五）正月二一日の日付をもつ記事の中で「官〈季継〉」なる注記があるから、季継には「亭主」「官」の呼称が用いられていることになる。日付を有する記事は、すべてこの書き方、すなわち季継の動向を中心に「予」なる人物が書いたものであって、季継自身が書いたものではない。「予」は左大史季継のごく近くにあってその任務を助けた人物であり、史籍集覧を校訂した近藤圭造氏は「或云此書恐くは季継の男季氏の記せしならむと季氏は実は季継の舎弟なりしを養ふて子としたるなりといへり」と本書が実は季氏によって書かれたことを指摘されている[5]。氏が季氏とされた人物は正しくは秀氏で、小槻系図その他によれば季継の子である（後掲系図参照）。秀氏が季継の弟であってのち猶子となった事実を裏付ける資料を、現在まで

に見出しえないが、文世は仁治元年（一二四〇）に出家しており、朝治は季継二男との資料がある。[6] また、季継は延応元年（一二三九）に所領を朝治に譲っているから、[7] 大宮家の家督はいったんは朝治に譲られたものであろう。系図の上で季継の弟となる為景は、寛元二年（一二四四）季継卒去の際、わずかに筑前守の地位を受け継いだのみであり、[8] 左大史の地位は壬生家の淳方に移った。

その後、文永元年（一二六四）に秀氏が左大史に任ぜられるまで、壬生家がこの職を占めたが、秀氏は以後正応元年（一二八八）まで左大史を務めた（同年正月二六日卒去）。その間、弘安九年（一二八六）十二月十四日に解官、翌十年二月一日に還任するが、この間は順任が左大史を務めている。朝治左大史の記録は、弘安十一年二月三十日の文書（壬生家文書六五八）のみで、彼に関する詳細は不明。

以上断片的な資料から大宮家の動向をまとめれば、季継は貞応二年（一二二三）に左大史に任ぜられ、[9] 寛元二年（一二四四）九月二七日の卒去により、壬生家の淳方がこれを引き継いだ。[10] その後秀氏が左大史を務め、ごく短期間、順任、朝治がこれを務めたことになろう。もちろん左大史は二人であり、小槻家である壬生・大宮両家が常に独占していたわけではないことは先学の示されたごとくである。例えば季継が左大史であった嘉禄元年（一二二五）にいま一人の左大史は紀信兼であり、仁治元年には中原範俊であった。[11] ともあれ、上記三人のうち、もっとも長く左大史を務めたと考えうる人物は秀氏である。今はとりあえず秀氏が『官史記』の日記部分の筆者である可能性がかなり高いというにとどめたい。

四　官史記の編纂者

日付を有する記事の記主が秀氏であるとの仮定に立ったとき、以下の記事はどう解すればよいであろうか。

　一　蔵人頭大弁中弁動座事
　仁治三二二御記云、官依所労自去年十一月籠居、今日始参殿下…

右の記事は故実を小題としてこれを注するという形式のつづく中にあるものだが、「仁治三二二御記」が「官」を主語として記す方法をとる点、日記部分と同じ記主による可能性が高い。するとこれを「御記」と称した人物は日記の記主とは別と考えざるをえないのであり、『官史記』全体が一人の人物によって書かれたとは考えにくくなる。すなわち、季継の側近として彼の動向を記した人物の日記は、『官史記』の素材であり、『官史記』は少なくも季継・秀氏以外の第三の人物によって編集されたと考えるのが至当ではないか。

『官史記』成立の上限を決める記事は、末尾の逸話部分にある。逸話部分には多くの人物が登場するが、もっとも新しい記事は西園寺公衡に関するものである。

　竹中入道左府〈公衡公〉ヲハ竹林院ト被号ケル也〈竹中ハ寺号也〉

公衡は応長元年（一三一一）に出家、正和四年（一三一五）に薨じたから、少なくとも右の記事は応長元年以後のものと考えるのが自然である。『官史記』の筆者を秀氏と想定した場合、兄季継との年齢差を仮に二十歳としても、百歳に近い。(12) こういった点からも、『官史記』全体の編集は、第三の人物によると考えたい。

ただし、逸話部分でも、公衡に関する記事以外は、仮に秀氏の手になると考えても無理のないことも事実である。

なお、大東急記念文庫に『官務季継記』（内外題とも）、宮内庁書陵部に『朔旦冬至』（外題）なる書が蔵される。両書とも識語は「朔旦冬至次第仁治元／本云大夫史以光夏本令書写畢」で、書陵部本はこの後に「大永二年八月十六日馳禿筆畢／外衛藤末葉」の書写奥書を有する（光夏は季継の五代後裔）。書陵部本は内題を欠くが、遊紙裏に「銘云／官務季継記　光夏」と記している。大東急文庫本には「滋野井文庫」「亜槐公麗」の朱印、書陵部本には「柳原庫」の印がある。両本の本文はほとんど同じであり、識語も共通するから、祖本を同じくする伝本と推考されるが、類同の書はこの二本しか管見に入らない。内容は仁治元年朔旦冬至に関する記録で、儀式の次第を細かに記した故実書である。本書は本節の論旨と直接に関わらないので内容に渉ることはさけるが、仮に『季継記』なるものがあるとすれば、『朔旦冬至次第』こそがそれにあたるのではないかとの見通しを示しておきたい。(13)

五　逸話群の特色

以上『官史記』が、実は季継以外の人物によって書かれたものであること、中核となる日記は秀氏が書いた可能性が高いこと、また『官史記』全体を秀氏がまとめて一書とした可能性は逆に低いことを述べた。本節の目的は『官史記』にみえる長房関連記事の信憑性を確認することにあるが、逸話部分に登場する人物は後掲の表にみるごとく、ある種の特徴をもっている。まず内容の点からみたとき、話の主眼が何かの起こりを説くことにあると思われるもの（④⑤⑥⑧など）、ある人物の特異な言動を描くことに主眼のあると思われるもの（①②③⑦⑪など）がある。前者は『官史記』という書が本来的にもっていた意図に包含されうるものであろう。後者はその意味では『官史記』執筆の意図から少しく逸脱した感のある記事と言わねばならない。そして長房関連の記事は主に後者の側に属するのである。いまひとつ注意したいことは、登場人物である。逸話部分の主役とでもいうべきは徳大寺実基であろう。②は徒然草二〇六段との関連で先学がしばしば言及されたものであり、先に述べた、ある人物の特異な言動、の根底に「新しい中世的精神[14]」を認める態度が流れているとみることもできよう。たしかに実基の話にせよ、後鳥羽院と対等に接した長房像を伝える⑥⑪⑮にせよ、旧習や身分に囚われぬ人間像を描いてはいる。しかしそういった問題はより広く中世的精神の流れに還元して考えてみなければならず、いま稿者にその用意は不十分である。ただ、長房や光親は、官務家が長くその配下にあった弁官を輩出した勧修寺家の人々であり、様々の話を伝え聞く機会も自然多かったであろうことも無視できない。⑪話が徒然草では光親の話となっていることとともに、光親の行為が「法にかなって」いる理由が曖昧であると指摘されるごとく[15]、『官史記』所伝の逸話がより整合性を有することも注意したい。『官史記』所収の逸話群に長房関連の記事が多いことは偶然ではないのである。『官史記』に登場するのは長房だけではない。「太刀契紛失事」正月十一日条には長房息二条中納言定高が登場し、秀氏が太刀契の故実を定高と論じる場面がある。それは宝剣の来歴にまで関わるもので、定高の沈着な人柄を髣髴させるものである。また、逸話群の最後に位置する⑯は、東山殿道家の、人の口にした盃を一切受けない性癖を熟知した二条中納言資頼と九条中納言忠高が、西園寺公経の差した盃をうまく処理する話である（この箇所、道家の行為を「関白」として記すので、あるいは故実に類する可能性もあるが、今詳らかにしない）。忠高は定高息、資頼は長房姉妹を母に持ち、光親女を室とする。またその女は忠高の室であった。

長房や光親に話題をしぼるならば、後鳥羽院政期のもっともすぐれた官僚という認識が、長房の突然の出家に後鳥羽院との確執を予想させ、承久の乱の責任を一身に負おうとした光親の姿を語らせたのであり、そこには剛毅、誠実な人を頂いた官務家の歴史に対する誇りがあるとみてよいだろう。そして、壬生・大宮両家に分裂を余儀なくされた小槻家の問題に立ち返るならば、大宮家の三代目にあたる季継はまさに後鳥羽院政の盛衰を見届けた人物である。日記部分にしばしばみえる「当家説也」「是秘説也」等の語は、壬生家に対抗する意識の表れであろうが、季継は、壬生家側から、文永年間の壬生・大宮の所領争いのもととなる綸旨を「かすめ」たと非難される人物であり、大宮家にとっては劣勢の挽回に寄与した人物といえるだろう。稿者に小槻氏の盛衰を論ずる力はないが、季継を頂いた大宮家にとって、後鳥羽院政期と承久の乱後は、ひとつの重要な時代だったのではあるまいか。

六　長房出家記事をめぐって

『官史記』を上述のごとくに理解するならば、長房が倒幕の意志を固めた後鳥羽院を諫めかねて出家したとの説は、どの程度の信憑性を有するのであろうか。そしてまたこれを伝え書き留めた事実にどういう意図を汲み取ればよいのであろうか。

前節で述べたごとく、稿者は長房の出家に後鳥羽院への異心を読みとることはできない。彼の出家には院の同意、あるいは彼を南都支配の布石たらしめようとの意志さえ感じる。しかし『官史記』の理解は、そのような推移の裏を語ろうとしているのかもしれない。長房が倒幕に反対する可能性自体は高いと予想される。長房の父光長は吉田経房の弟であり、かれ自身しばしば関東との窓口になっていたことは玉葉に詳しい。長房自身が関東との関係をもった形跡は見出せないが、関東の事情に疎かったとは考えにくく、倒幕の不可能性を院よりは知っていたのではなかったか。しかし、乱勃発までにまだ十年余を残す承元四年という段階で院の意志を知り、これを諫めることは困難ではなかったか。むしろ院を諫めかねたのは光親であり、それゆえに彼は昂然と六波羅に引かれていったのではなかったか。

長房の出家に後鳥羽院への異心を読む『官史記』の立場は、これを光親と並べて述べるところにその意図が見えるように思う。長房・光親を殷三仁に比して天下の賢人と賛する『官史記』の立場は、承久の乱によって結果的に明暗を分けた二人への愛惜に支えられているのではないだろうか。逸話群に登場する実基、実定、長房は、いずれも権威や旧習に囚われぬ言動において語り伝えられているのであり、基本的にはそこに『官史記』編纂者の価値観があったと考えられる。

壮年長房の突然の出家は、周囲を驚かせたに相違ない。稿者はそこに、長房自身があたためていた道心と、後鳥羽院側の動機の幸運な合致をみる。あるいは長房の側に現世否定的な思いがあり、その何程かは院に対するものであったかもしれない。しかし院への異心は決して当人が口にするはずのものではなかったであろう。その空隙に長房への愛惜が作用したとき、院を諫めかねて、という納得へ落着する道筋ができたのではなかったろうか。

注

（1）人物叢書『明恵』（吉川弘文館、昭36）、日本思想大系『鎌倉旧仏教』（岩波書店、昭46）

（2）静嘉堂文庫蔵『官史記』の書誌を略述する。縦一三・四糎、横二三・〇糎。茶木目模様表紙。墨付四一丁。表紙及び遊紙は本文と別紙。表紙右隅に「阿波介以文蔵」、右に「安貞二年旧冬太刀契紛失件アリ」の朱書。左肩に「壬生官務家蔵／官史記」と直書。内表紙右肩に、「秘」、右下に「山田以文伝領」と記し、「静嘉堂蔵書」「山田本」の印。左に、「原本壬生官務家所蔵也殊勝古本云々／官史記　単／原本无□題」と記し、「左京貞幹蔵書」の印。内題なし。本文中朱の書入れあり。奥書に「寛政二年歳次庚戌秋日写／原本広橋殿蔵／貞幹／丙辰仲冬以官務蔵本一校／幹」とあり、寛政二年（一七九〇）に藤原貞幹が広橋家本を書写し、八年（一七九六）に壬生家本をもって対校したことがわかる。いわゆる『季継記』は「寛政伍年歳次癸丑仲冬伝写原本官務蔵本也」（史籍集覧）の奥書を有するから、壬生家に伝わったものと推測される。両系とも内題はなく、書名の由来は不明。ただし、系図纂要に本書の一項を全文引用して『官史記』の書名を記すから、貞幹書写後まもない時点で『官史記』なる書名は流布していたと思われる。拙稿「翻刻　静嘉堂文庫蔵『官史記』」（『愛知文教大学論叢』5、平14・11）

(3) 「徳大寺實基に就いて」（『国語と国文学』8-11、昭6・11）

(4) 『明月記』嘉禄元年十二月二一日条。

(5) 『歴代残闕日記』目録も「季継或季氏」とする。

(6) 壬生家文書「小槻有家申状」「小槻有家申状案」（鎌倉遺文一〇四一六、一二九六〇）

(7) 注(6)参照。

(8) 『百錬抄』寛元二年十月四日条。

(9) 壬生家文書二五。ただし、壬生家文書「小槻有家申状土代」（鎌倉遺文一〇四一九）に、「貞応三年季継官務之初」とあり、一年のずれがある。没年については、『平戸記』寛元二年九月二七日条に「今暁寅刻、左大史季継卒去、生年五十三、局務廿一年…」とある。ただし、『百錬抄』には「今年九十二」とありやや疑問を残す。

(10) 注(8)参照。

(11) 『官史記』所収嘉禄元年十一月二三日宣旨、延応二年四月一日「見参交名」（鎌倉遺文五五五一）

(12) 注(9)参照。二十歳の年齢差を仮定したのは、季継は元久二年（一二〇五）に、秀氏は安貞元年（一二二七）に大炊助になっていることによる。また、秀氏が季継弟で公尚の子とすると、公尚の没年貞応元年（一二二二）に生まれたとしても九十歳に近い。

(13) 拙稿「翻刻　大東急記念文庫蔵『朔旦冬至次第』」（『愛知文教大学比較文化研究』4、平14・11）

(14) 益田勝実氏「微牛足あればー「徒然草」の一背景ー」（『国語と国文学』35-2、昭33・2）

(15) 注(14)参照。

【小槻氏略系図】（傍線左大史）

《大宮家》

─┬永業─広房─公尚─┬季継─┬文世
　│　　　　　　　　│　　　├秀氏
　│　　　　　　　　│　　　└朝治
　│　　　　　　　　└為景─順任
　│
　└隆職─国宗─通時─淳方─有家─顕衡

《壬生家》

【在任期間】

永業	保元二年―長寛二年
隆職	永万元年―文治元年、建久二年―建久九年
広房	文治元年―建久二年
国宗	建久九年―貞応二年
公尚	承久元年―貞応元年
季継	貞応二年―寛元二年
淳方	寛元二年―建長四年
有家	建長四年―弘安三年
秀氏	文永元年―弘安九年、弘安十年―正応五年
顕衡	弘安六年―永仁六年
順任	弘安九年―弘安十年
朝治	正応元年

（永井晋氏編『官史補任』〈続群書類従完成会、平10〉による。）

補記　小論刊行後、右に引用した『官史補任』が刊行された。本書により、官史の補任時期や没年、系譜が明確になった。学恩に深謝するとともに、一部小論の失考や調査不足を改めた部分があることを付記する。

【『官史記』構成表】

標　　題	日記日付	備　　考
奏状申請是定事		
御前初度官奏事	(嘉禄元年)11月2日	
一 (同前)		
一 (同前)		
一 (同前)		
(石清水賀茂行幸奉行事)	(嘉禄元年11月)16日	
(石清水賀茂行幸宣旨下る事)	(嘉禄元年11月)23日	
(季継任東大寺大仏長官)	嘉禄2年正月13日	
(季継叙正上、予叙従上)	(嘉禄2年正月)23日	明月記嘉禄元年12月21日
日前宮造営国史重服事	(嘉禄2年)2月27日	
大臣始令候官奏事	(嘉禄2年)3月4日	
女御宣旨官持参間事	(嘉禄2年)6月29日	
官奏間事	(嘉禄2年)12月8日	
留御前間事	寛喜2年閏正月20日	
一 亭主於殿下蔵人処着陰陽頭泰忠上事	安貞2年6月25日	
官奏日次事	嘉禄3年7月18日	
内大臣殿令候吉書奏給事	寛喜2年2月20日	
一 禅室撤笏哉否事	仁治2年4月3日	
一 旬事		
一 同日遅参公卿参上事		
一 節会日遅参公卿自腋堂上事		
一 釈奠時算博士着明法博士上事	〈文治3年2月〉	系図纂要に『官史記』の説として全文を掲載

一　同時博士着座可依道次事 一　尺奠上古於大学寮被行事 一　祈年祭事 一　春日祭事 一　大原野祭事 　　御即位事 　　御禊事 一　列見事 　　罰酒事 一　官所充事 一　政事 一　大刀契紛失事	安貞2年正月6日 8日 9日 11日 12日 13日 14日 17日 19日 24日 25日 30日 2月29日

一 床子座動座事 一 大舎人頭殿令補内大臣殿家司給事 一 蔵人頭大弁中弁動座事 一 両局輩所々参祇候便宜所事 一 宜陽殿座事 一 宜陽殿ニ未着陣大臣座可敷哉事 一 牛車輦車事 一 致仕事 一 初任大臣聊凶事メカシキ仗議ニ被参ノ時 （大臣初度官奏時、吉書を先に申事） 一 摂政後先被申行吉書奏事 一 年中三ケ度吉書奏事 一 准后事 一 散位事 一 上卿経敷政門宣仁門等着陣座事 一 春秋仁王会相違事 一 位禄定ハ男女ノ服ヲ給事（標題のみ） 一 大粮トハ諸司ニ給歟（標題のみ） 一 賑給施米ハ貧者ニ食ヲ給事（標題のみ） 一 葺菖蒲事 一 内覧事 一 著駄政事 一 三枝祭事 一 於沓脱沓ヲ脱間事	文暦2年正月21日 嘉禎元年12月18日 〈仁治2年3月2日御記〉	

①（実基、小児の母を見分ける事）
②（実基息公孝検非違使庁始の日、牛座上に糞をする事）　徒然草二〇六段
③（実基、別当の時評定の前に人の意見を聞く事）
④（後三条院の時、円宗寺建立、成功・記録所始まる事）
⑤（関白、両局に牛を賜る事の起こり）
⑥（長房、弁官にして布衣を着る事）
⑦（実定、中原師清と文談の事）
⑧（洞院の起こり）
⑨（公衡、竹林院と号する事）
⑩（隆親、四条大宮に邸を建てる事、冷泉万里小路の事）
⑪（長房、後鳥羽院の食物を食する事）　徒然草四八段
⑫（武正、銚子から賜酒を飲む事、鷹狩随身の心得）
⑬一　立烏帽子額事（有仁の振舞）
⑭（光親、院中執権の始まりの事）
⑮（長房出家の由来、光親承久の乱後の振舞）
⑯（道家、人の盃を受けぬ事）

右の表は『官史記』の構成を示したものである。その際以下のごとくに整理した。
・底本には静嘉堂文庫本を使用した。
・（　）内の標題は、本文にはなく、便宜的に付したものである。
・標題には、「一」を付するものとそうでないものがあるが、底本のままとした。
・日記の日付のうち、年月等を欠くものについては、諸資料を勘案して（　）内に示した。
・巻末逸話部分については、各話に①～⑯の番号を付した。

あとがき

本書は、平成十二年秋、神戸女子大学に提出した学位論文『平安後期の和歌』を基としている。これにより平成十三年三月、神戸女子大学より博士（日本文学）の学位を授与された。

各論の初出は以下のとおりである。本書に収録するにあたり、用語の統一程度の改変は行ったが、大幅な改訂はしていない。補記も最小限にとどめた。

第一章

第一節　『和歌　解釈のパラダイム』（笠間書院、平成10年9月）

第二節　『愛知文教大学論叢』第二巻　平成11年11月

第三節　『愛知文教大学比較文化研究』第二巻　平成12年11月

第四節　『愛知文教大学比較文化研究』第三巻　平成13年11月

第五節　『神女大国文』12　平成13年3月

第二章

第一節　『神女大国文』11　平成12年3月

第二節　『和歌文学研究』81　平成12年12月

第三節　『愛知文教大学論叢』第三巻　平成12年11月

第三章

第一節　『国語国文』66・9　平成9年9月

第二節　『愛知文教大学論叢』第一巻　平成10年12月

第三節　『日本文学史論』（世界思想社、平成9年9月）

学位請求を慫慂下さった伊藤正義先生のご配慮に深謝申し上げるとともに、直接間接の学恩を蒙った多くの方々へ、今後も変わらず研究に努めることをもって、お礼に代えたい。

和泉書院社長廣橋研三氏には、本書の出版を快くお引き受け頂き、坪井直子さん、山田知里さんには、校正を手伝って頂いた。これらすべての方々に、心より感謝申し上げる。

二〇〇二年一二月二五日

黒田　彰子

■著者紹介

黒田彰子（くろだ　あきこ）
一九五一年　愛知県生まれ
現職　愛知文教大学教授
主要著書
『上野本和歌色葉』和泉書院　昭和60年
『中世和歌論攷―和歌と説話と―』和泉書院　平成9年、他

研究叢書　296

俊成論のために

平成一五年五月二〇日初版第一刷発行
（検印省略）

著者　黒田彰子
発行者　廣橋研三
印刷所　太洋社
製本所　大光製本
発行所　有限会社　和泉書院
大阪市天王寺区上汐五－三－八
〒五四三－〇〇〇二
電話　〇六－六七七一－一四六七
振替　〇〇九七〇－八－一五〇四三

ISBN4-7576-0206-5　C3395

研究叢書

番号	書名	著者	価格
261	守覚法親王全歌注釈	小田　剛　著	一一〇〇〇円
262	西鶴と出版メディアの研究	羽生紀子　著	一一〇〇〇円
263	近世百人一首俗言解の研究	永田信也　編著	一〇〇〇〇円
264	「仮名書き絵入り往生要集」の成立と展開　研究篇・資料篇	西田直樹　編著	三〇〇〇〇円
265	続撰和漢朗詠集とその研究	柳澤良一　編著	一五〇〇〇円
266	染田天神連歌　研究と資料	山内洋一郎　編著	一〇〇〇〇円
267	百人一首の新研究　定家の再解釈論	吉海直人　著	八五〇〇円
268	貫之から公任へ　三代集の表現	阪口和子　著	九〇〇〇円
269	中世文学叢考	荒木　尚　著	一〇〇〇〇円
270	日本語史論考	西田直敏　著	一一〇〇〇円

（価格は税別）

研究叢書

増補改訂 小野篁集・篁物語の研究 影印資料 翻刻 校本 対訳 研究 使用文字分析 総索引	平林文雄 財団法人水府明徳会 編著	271	一〇〇〇〇円
論集 説話と説話集	池上洵一 編	272	一二〇〇〇円
八雲御抄の研究 正義部・作法部	片桐洋一 編	273	二〇〇〇〇円
明治前期日本文典の研究	山東功 著	274	一〇〇〇〇円
近世中期の上方俳壇	深沢了子 著	275	一二〇〇〇円
王朝文学の本質と変容 韻文編	片桐洋一 編	276	一七〇〇〇円
王朝文学の本質と変容 散文編	片桐洋一 編	277	一七〇〇〇円
萬葉集栞抄 第五	森重敏 著	278	一三五〇〇円
敷田年治研究	管宗次 著	279	一〇〇〇〇円
王朝漢文学表現論考	本間洋一 著	280	一三〇〇〇円

(価格は税別)